# Kriegsträumer I

Für alle diejenigen,
die sich hinsetzen, Kaffee trinken und
Geschichte schreiben wollen.

Daniel Nagel   Christian Volker   Sonja Dreher

# Kriegsträumer
## Erstes Buch: Ehre

Dead Girl Walking Press

Bibliografische Informationen der deutschen Bibliothek: Die Deutsche Bibliothek verzeichnet diese Pub-
likation in der deutschen national Bibliografie; detai-
lierte bibliografische Daten sind im Internet über
http://dnb.ddb.de abrufbar.

Herstellung und Verlag:
Books on Demand GmbH, Norderstedt

Printed in Germany

ISBN 9-783-83349784-1

www.deadgirlwalking.de

## Kapitel 1

Oktober 2005, Nordamerika.

„Unter *Handel* versteht man das Anbieten von Waren gegen Zahlungsmittel Geld oder andere Waren. Handel beschränkt sich auf den Ankauf, Transport und Verkauf von Gütern ohne dass diese wesentlich verändert oder weiterverarbeitet werden."

Er lehnte sich, kaum merklich lächelnd, zurück, schenkte sich ein Glas der klaren Flüssigkeit ein und nahm einen kräftigen Schluck. Herrlich. In diesen Momenten vergaß er die unvorstellbare Summe, die dieser Wodka ihn gekostet hatte. Geld. Was war schon Geld.

Erneut las er die Worte.

„Handel beschränkt sich auf den Ankauf, Transport und Verkauf von Gütern"

Verrückt. Nein. Vielmehr lächerlich war es, was er hier las. Offensichtlich musste er mit seinen Geschäften die Grenzen des Internets schon weit überschritten haben, denn auch diese Definition konnte ebenso wenig wie alle anderen Ausdruck für das sein, was es ihm ermöglichte, hier, in der teuerster Villa der Stadt, jeden Abend ein Glas des teuersten Wodkas der Welt zu trinken.

Im Grunde überraschte es ihn nicht einmal, dass er auf keine zufrieden stellende Definition von *Handel* gestoßen war. Wie hätte auch jemand eine solche formulieren können, wo er der Welt doch gar keine Möglichkeit gab zu begreifen, was dieser Begriff tatsächlich bedeutete. Immerhin hatte er dafür gesorgt, dass sie ihn in ihrem beschränkten Gerechtigkeitsempfinden willig duldete und ihn nicht als unverdaulichen Partikel aus ihrer von unnützen Wertvorstellungen geprägten Gesellschaft ausspuckte. Sie kannte ihn ja nicht einmal, diese Welt. Sie sah nur auf die Oberfläche, sah nur den kleinen Gauner, wie er seine kümmerlichen Verbrechen beging, durch die er sein Bestreben nach ein bisschen Macht und Wohlstand zu verwirklichen versuchte. Vielleicht bekam sie auch irgendwann einmal einen Mafiaboss zu sehen und vielleicht sogar auch den Boss des Bosses, doch das Übrige, der gesamte, gigantische Rest, entzog sich gänzlich ihrem Blickfeld. Wer könnte also Worte finden für das Ganze, wo doch niemand diese einzelnen Verbrechen in einen Zusammenhang brachte und wo doch niemand deren Bedeutungslosigkeit im Einzelnen erkannte?

Zufrieden richtete er seinen Blick nach draußen in die verregnete Nacht. Ja, er hatte den Begriff des Handels revolutioniert, ohne dass es irgendjemand wusste. Er hatte sie alle, sowohl die drogensüchtigen und gewaltbereiten Jungs von der Straße, die kleinen Ganoven und die größeren Bandenchefs als auch Mafiabosse, unzählige Richter, Beamten und Wirtschaftsfunktionäre, alle hatte er sie zu den primitivsten Einheiten eines Ganzen gemacht, ohne dass nur irgendeiner von ihnen es ahnte.

Ja, etwas wie Stolz kündigte sich an, wenn er sich vor Augen führt, welch eine Kreatur er hiermit geschaffen hatte. Unendlich viel Mühe und Arbeit hatte es ihn gekostet, unsagbare Summen an Geld und nicht zuletzt auch eine beträchtliche Menge Papier, um das zu werden, was es heute tatsächlich war.

Gedankenverloren flogen seine Finger über die Tastatur und gaben das Wort *Verbrechen* ein.

„Unter einem *Verbrechen* wird gemeinhin ein schwerwiegender Verstoß gegen die Rechtsordnung einer Gesellschaft oder die Grundregeln menschlichen Zusammenlebens verstanden. Allgemein gesprochen handelt sich um eine von der Gemeinschaft als Unrecht angesehene und von ihrem Gesetzgeberkriminell qualifizierte und mit Strafe bedrohte Verletzung eines Rechtsgutes durch den von einem oder mehreren Tätern schuldhaft gesetzten verbrecherischen Akt."

„Verletzung eines Rechtsgutes", nein, dessen machte er sich nicht schuldig. Auch einen „verbrecherischen Akt" konnte er in seinem Handeln nicht erkennen. Immerhin stand er trotz allem in keinerlei Verbindung mit den Verbrechen, die in der Stadt ihre Kreise zogen. Nein, an solcherlei Kleinigkeiten würde er sich die Finger gewiss nicht schmutzig gemacht haben. Und selbst wenn der Gesetzgeber dies anders sehen sollte – die Polizei tat es nicht. Für sie war er nicht Täter eines Verbrechens, sondern viel eher vielleicht Wohltäter. Und so bestand von ihrer Seite keinerlei Interesse daran, ihn, oder vielmehr seine Angestellten, aus dem Verkehr zu ziehen.

Er nahm erneut einen kräftigen Schluck Wodka und gab „Täter" in die Suchleiste ein.

*„Täter* einer Straftat ist, wer die Straftat selbst begeht. Die mittelbare Täterschaft bedient sich dagegen eines anderen Menschen als Werkzeug."

Na also. Weder war er direkt in irgendwelche Verbrechen verwickelt noch waren die unter ihm stehenden tatsächlich als Werkzeuge zu sehen. Schließlich handelten sie im Glauben an ihren eigenen Einfluss und ihren eigenen Vorteil. Und er bezahlte sie gut. Von Opfer konnte also nicht die Rede sein. Vielmehr waren sie doch gewöhnliche Angestellte. Mehr nicht.

Sein Vater, Viktor, ja, er war einst all das gewesen, Verbrecher, Täter und Krimineller. Deswegen war er wohl auch so erbärmlich ums Leben gekommen.
Zufrieden leerte er sein Glas, sah auf die Uhr und ließ den Rechner herunterfahren.

„Kommst du?", erklang eine helle Frauenstimme.
Sie wartete also schon.

„Selbstverständlich", antwortete er, stand auf und legte ihr beim Hinausgehen vorsichtig die Hand auf den zierlichen Rücken

## Kapitel 2

April 1946, Russland.

Anton lebte in einer kümmerlichen und verdreckten Wohnung, war Alkoholiker, hatte weder Geld noch Arbeit oder irgendwelche Perspektiven für die Zukunft. Er war kein Mann, der jemals etwas Besseres gekannt hatte, als das. Auch hatte er weder die Erziehung durch seine früh verstorbenen Eltern, noch eine ordentliche Schulbildung genießen dürfen. Zwar verdiente er als Arbeiter in einer Fabrik etwas Geld, doch war es kaum genug, um sich alleine durchzubringen.

Das einzige, was er hatte, war ein Mädchen. Alexandra war achtzehn, ebenso mittellos wie Anton und schwanger. Kurz nach der Geburt des Kindes verstarb sie an einer Lungenentzündung, von der sie sich nie hatte vollständig erholen können. Eine einfache ärztliche Behandlung hätte ihr Leben retten können, doch Ärzte waren rar in Moskau und boten ihre Dienste nur denen an, die genug dafür bezahlten. Und hierzu zählten weder Alexandra noch Anton. Im Gegenteil. Nur durch das Wohlwollen Alexandras Schwester hatten sie sich durchschlagen können, ohne auf der Straße zu landen. Sie hatte eine einfache Arbeit in einer Kneipe und unterstützte die junge Familie so gut sie konnte. Anton jedoch machte dem mit seiner Alkoholsucht bald ein Ende. Schließlich wollte Tereza ihr hart erarbeitetes Geld nicht in Alkohol angelegt wissen. In ihren Augen war Anton ohnehin eine erbärmliche Kreatur, die es zu verachten galt. Sie ekelte sich vor ihm, wie er in seiner Sucht vor sich hin lebte und sich und ihre jüngere Schwester langsam an den Rand der Existenz brachte.

Nach Alexandras Tod wurde die Situation zusehends schlimmer. Anton verkroch sich in seinem Elend und war mehr denn je damit beschäftigt, sich den Alkoholspiegel im Blut aufrecht zu erhalten.

An Viktor, seinem zu dem Zeitpunkt fast vierjähriger Sohn, zeigte er keinerlei Interesse. Tereza hatte ihn zu sich holen wollen, wollte den armen Jungen ohne Mutter nicht in den Händen dieses Mannes wissen, doch Anton hatte nicht zugelassen, dass sie ihm den Jungen wegnahm. Er würde sich ändern, würde sich Arbeit suchen und sich um ihn kümmern, ein guter Vater wolle er ihm sein, so seine Vorsätze. Doch Tereza war im Voraus klar gewesen, dass Anton zu nichts als leeren Versprechungen fähig war und, dass Viktor wohl kaum überleben würde, wenn es nur Alkohol aber nichts zu Essen im Haus gäbe.

Sie selbst hatte keine Kinder, keinen Mann, lediglich ihre Arbeit, der sie jedoch hauptsächlich nachts verpflichtet war. Deshalb kam sie regelmäßig vorbei, brachte Viktor eine warme Mahlzeit und kümmerte sich um ihn. Sie mochte Kinder.

So hatte Viktor also seine ersten drei Lebensjahre nahezu ohne menschliche Zuneigung verbracht. Alexandra war zu schwach, Anton zeigte kein Interesse. Niemand brachte ihn abends zu Bett, niemand erzählte ihm Geschichten und niemand ging mit ihm nach draußen.

11

Vermutlich hätte der Junge nicht einmal zu sprechen gelernt, wäre Tereza nicht gewesen.

Und obwohl der Junge stets mehr in sich gekehrter Schatten als Kind war, war Tereza wie ein Engel für ihn. Sie hatte Geduld, Fantasie und ein liebevolles Lächeln, fühlte sich für ihn verantwortlich und brachte ihn zum Lachen. Viktor hörte ihr gerne zu. Er durfte sie über unzählige Dinge ausfragen, während sie draußen im kleinen Park spazieren gingen, liebte ihre Geschichten, die sie erzählte, durfte auf die kleinen Bäume klettern und den Tauben ein Stückchen Brot hinwerfen. Sie konnte gut nähen und er hatte ihr immer gerne geholfen, wenn sie wieder ein großes Stück Stoff auf dem dünnbeinigen Küchentisch ausbreitete, um dann zuzusehen, wie sie nach und nach eine Hose oder einen Pullover für ihn schneiderte. Er hatte jemanden, auf den er sich freuen konnte, der ihm etwas bedeutete, fieberte jeden Tag ihrem Kommen entgegen und er hatte das Gefühl, dass er ihr wichtig war. Er liebte sie, als wäre sie seine Mutter.

Anton wollte von den beiden nie etwas wissen, grunzte wohlig in seinem Rausch oder wenn er des Nachts eine Frau von der Straße mit ins Haus brachte und war weitestgehend abwesend. Nur hin und wieder warf er einen übelgelaunten Blick in die Küche, suchte sich die letzten Krümel zu Essen aus dem stinkenden Kühlschrank oder machte sich, nachdem er feststellen musste, dass er schon wieder keinen Wodka mehr hatte, schwerfällig auf den Weg nach draußen. Doch nie hatte er gegen Terezas Anwesenheit protestiert. Viel mehr schien er froh zu sein, dass er seine Ruhe vor ihr und Viktor hatte. Dem Jungen war das im Grunde nur recht. Es war ihm völlig gleichgültig, was dieser Mann dort in seinem Loch tat oder nicht tat, es kümmerte ihn nicht und er hatte keinerlei Bezug zu ihm. Das dort war nicht sein Vater. Er hatte einfach keinen Vater. Er hatte Tereza. Das war genug. Es war gut, wie es war.

Bis zum nebligen Morgen des Tages, an dem Tereza starb. Bleich und mit schwarzen Rändern unter den Augen hatte Anton den Kopf zur Küche herein gestreckt. Tereza hatte mit Viktor Karten gespielt.

„Zigaretten. Hol' mir Zigaretten", sagte er mit trüber Stimme, rieb sich die rot unterlaufenen Augen und warf Viktor zwei Münzen auf den Tisch. So eben wollte er sich wieder umdrehen, als er den mittlerweile sechsjährigen Jungen sagen hörte:

„Geh selber."

Er hielt mitten in der Bewegung inne und blickte überrascht über seine Schulter hinweg den Jungen an, den Mund erstaunt geöffnet, seine wuchernden Bartstoppeln nass von Alkohol oder Erbrochenem oder beidem. Das Lid seines linken Auges lahmte. Er war betrunken. Es dauerte jedoch nicht lange, bis die Überraschung der Empörung und die Empörung der Wut wich. Wenige Augenblicke später war er schon mit gewaltigen Schritten auf Viktor losgegangen, packte ihn an der Kleidung und riss den schmächtigen Jungen von seinem Platz am Tisch. Tereza warf ihren Stuhl zurück und sprang auf, schrie den rasenden Anton an, der Viktor an die Wand drückend und mit bebender Stimme anfuhr:

„Du wirst also nicht einmal deinem Vater seine Zigaretten holen? Na warte Bürschchen, dich werde ich gehorchen lehren", knurrte er und schlug seine schwere Hand in das Gesicht des Jungen.

Das Schallen der Ohrfeige war das letzte, was Viktor hörte. Ihm wurde schwarz vor Augen, er spürte den brennenden Schmerz der sich über sein gesamtes Gesicht ausbreitete und in seinem Kopf drehte und pochte es wie in einer Maschine. Die ihn umgebenden Geräusche wurden zu einem konturlosen Sirren verzerrt, das wenige Augenblicke später in ein taubes Rauschen wechselte. Anton musste ihn losgelassen haben, denn er spürte, wie er hart auf dem Küchenboden aufschlug. Dort blieb er an die Wand gekauert sitzen und hielt sich den Kopf, hatte jegliche Orientierung verloren und wollte doch nur, dass dieser abscheuliche Schmerz in seinen Ohren nachließe. Doch er ließ nicht nach, hörte nicht auf zu rauschen und zu sirren und zu trommeln. Stattdessen klärte sich langsam sein Blick und er konnte schemenhaft erkennen, wie die massige Gestalt Antons sich auf Tereza stürzte. Er sah, wie sie schrie, doch ihre Worte vermochten nicht bis zu ihm zu dringen. Anton schlug Tereza zu Boden, wo sie sich windend liegen blieb und ein bisschen Blut ausspuckte. Er riss sie wieder auf die Füße und stieß sie gegen den Küchentisch und die Stühle, die Tereza wohl jeden Knochen gebrochen haben mussten.

„Was hast du aus dem Jungen gemacht du Weib, du Hure! Was soll das sein? ein ungezogener Bengel, das ist er, und du eine verkommene Hure, eine verkommene Hure, hörst du!"

Zwar sah Viktor, dass Anton etwas brüllte, hörte aber nicht, dass er mit seinen Worten sogar die brechenden Stühle übertönte. Er sah auch, wie ihr Kartenspiel sich fröhlich auf dem Boden zerstreute, hörte jedoch ihr munteres Flattern ebenso wenig wie den verzerrten Klang von Terezas Stimme. Sie blieb fast regungslos in den Trümmern liegen, und über das ansonsten so liebevolle, hübsche Gesicht von Viktors Engel lief nun das aus der Wunde an ihrer Schläfe sprudelnde Blut in dicken Rinnsalen hinab. Ihre Augen blickten leer zur Decke, ihr Mund war leicht geöffnet und der Unterkiefer stand in einem grotesken Winkel ab, wie der mit Füßen getretene Schädel eines toten Hundes. Wie Regen hatte das Blut dem Engel die Haare an den Kopf geklebt. Der Anblick spottete jeder Beschreibung.

Viktor vergaß jeglichen Schmerz, spürte nicht die Tränen auf seinen Wangen und hörte sich nicht schreien. Er konnte nur zusehen, wie Anton sich über Tereza beugte, sodass sein Schweiß ihr ins Gesicht tropfte. Sah, das er irgendetwas sagte und schloss dann die Augen, als Anton ein ums andere Mal mit seinen schweren Stiefeln fluchend auf sie eintrat. Als er sie wieder zu öffnen wagte - eine taube Ewigkeit schien vergangen zu sein - sah er Anton, eine Flasche Wodka sowie auch eine frisch angebrochene Packung Zigaretten neben sich liegend, die Ellbogen auf die Knie gestellt und das Kinn auf die linke Faust stützend auf einem der nicht zerbrochenen Stühle sitzen. Er rauchte, während zu seinen Füßen der geschundene Engel lag. Das Blut an ihrem Kopf hatte eine schwarze Kruste gebildet.

Anton drückte seine Zigarette auf dem Fußboden aus und erhob sich langsam und schwerfällig von seinem Stuhl. Er sah den an der Wand kauernden Jungen nicht an. Viktor überlegte, ob er tot war. Er überlegte, ob er in der Hölle war. Anton beugte sich hinab, zog den Engel auf einen Teppich, wickelte ihn ein, schulterte ihn und ging mit dem Wodka in der anderen Hand nach draußen. Was blieb war das Blut seines Engels. Und das Biest in seinen Ohren.

Nie wieder wollte er hierher zurückkehren müssen. Nie wieder. Er floh auf die Straßen, wo er ein kümmerliches Dasein lebte, war nun eines der schmutzigen Straßenkinder, die bettelten, die stahlen, die hungerten und froren. Er wusste nicht wohin, wusste nicht, was tun, wusste nicht, was kommen würde. Und so landete er dort, wo alle landeten. Im Dreck. Vier Jahre hielt er durch. Vier Jahre ohne zu wissen, ob der nächste Tag kommen würde, ohne festes Dach über dem Kopf und ohne einen Engel. Dann brach er zusammen. Mitten auf der Straße sagten ihm seine Beine, dass sie so nicht mehr leben wollten und ließen ihn auf den Asphalt schlagen. Wo er liegen blieb. Und gestorben wäre, wäre da nicht Marek gewesen. Er hatte das kümmerlich atmende Häufchen Mensch bei sich aufgenommen, hatte es zuerst in eine Badewanne und anschließend in ein Bett gesteckt. Und Viktor starb nicht. Im Gegenteil. Fortan hatte er wieder so etwas wie ein Zuhause, einen Freund, saubere Kleidung und eine Zukunft.

Marek war ein junger Russe, ein Mann von etwas mehr als zwanzig Jahren, ein Mann, der Geld verdiente, eine saubere, kleine Wohnung hatte, einen protzigen, goldenen Ring an der rechten Hand trug, sich gerne hübsche Mädchen anlachte und der einen Anzug und eine Waffe trug. Marek war der Inbegriff eines Gangsters. Durch ihn lernte Viktor Danilo kennen. Und Sergej, Jegor, Mischa und Igor. Und er lernte auch Sascha kennen, für den sie alle arbeiteten. Sascha war der Boss. Bei ihm liefen die Fäden zusammen und von ihm gingen sie aus. Alles was in diesem Teil der Stadt an Waffen- und Drogenhandel, Diebstählen und Plünderungen ablief, alles hatte bei Sascha seinen Ursprung. Er hatte seine Männer, die er für sich arbeiten ließ, Männer, die durch seine Aufträge Unsummen von Geld verdienten und Männer, denen man das alles nicht ansah. Hätte man einen von ihnen auf den Straßen oder in einer Kneipe getroffen, so hätte man geglaubt, er wäre ein hart arbeitender Geschäftsmann, ein Angestellter in einem Unternehmen vielleicht. Nicht aber, dass er einen Revolver unter dem Hemd trug und ohne mit der Wimper zu zucken von ihm Gebrauch machen würde, wenn es die Situation erforderte. Und das ohne sich das seidene Hemd schmutzig zu machen.

Und so auch Viktor. Sascha ließ ihn an einer der Bars in seinem Laden arbeiten der mehr war, als eine Kneipe und ein bisschen weniger, als ein Bordell. Eigentlich so, wie jeder der Männer einmal angefangen hatte. Der eine als Laufbursche, der andere als Fahrer, Viktor nun hinter der Theke der Bar. Er spülte Gläser, sorgte dafür, dass die blonde Bedienung genügend Alkohol ausschenken konnte und fegte den Boden. Und trotzdem ein Junge mit einer solch nichtigen Arbeit wohl in keinem Bordell und in keiner Kneipe mit einem vernünftigen Gehalt hätte rechnen können, hatte Viktor mehr Geld, als er ausgeben konnte. Denn nicht nur der Inhaber des Ladens war von hohem Rang, sondern auch seine Gäste. Sie alle waren mehr oder weniger tief in Saschas Geschäfte verwickelt und wenn nicht in seine, dann in ihre eigenen oder die eines anderen Stadtteils. Sie alle hatten ihre Waffe bei sich, rauchten Zigarren, trugen teure Anzüge und sie alle waren gefährlich. Und reich. So sprang für Leute wie Viktor, die ihnen ihren Wodka oder den Schlüssel für eines der Zimmer brachten, immer ein Trinkgeld raus. Mehr als das. Es kam so viel zusammen, dass Viktor mit dreizehn Jahren wohl mehr verdiente als jeder Fabrikarbeiter und mehr als jeder Wirt. Und das, wo er das kleinste Glied in der Kette war. Unter Männern wie Marek flossen noch weitaus höhere Summen und selbst die waren nur ein Bruchteil von dem, was Sascha sein eigen nannte.

Im Grunde waren sie alle so etwas wie eine große Familie. Jeder kannte jeden, jeder wusste, wer der andere war und wie er mit ihm zu reden hatte. Es wurde zusammen gefeiert, getrunken und Geschäfte gemacht. Nie kam jemand neues dazu. Oder zumindest nicht ohne von einem der Männer hineingebracht zu werden in das Geflecht aus Beziehungen und Kontakten, die man haben musste, um Fuß fassen zu können, ehe man aus dem Weg geräumt wurde. Bei Viktor, jemandem, der bei Marek lebte und bei Sascha arbeitete, war das selbstverständlich. Jeder kannte und mochte ihn, seine Trinkgelder wurden höher und häufiger, mit dreizehn betrank er sich zum ersten mal zusammen mit den Männern, trug selbstverständlich ein Hemden aus reiner Seide und nahm sich hin und wieder auf Saschas Aufforderung hin eines der Mädchen mit aufs Zimmer. Er gehörte einfach dazu.

Und Sascha war zufrieden mit dem Jungen. Er redete nicht zu viel und nicht über Dinge, von denen er nichts verstand oder die ihm oder anderen Ärger einbringen konnten, er war zuverlässig und mit den Jahren zu einem stattlichen jungen Burschen herangewachsen. Ein Junge, den man sich warm halten musste. So wohnte Viktor nun schon lange nicht mehr bei Marek, sondern hatte über Saschas Kneipe eine kleine Wohnung zugewiesen bekommen, die zwar nicht groß war, aber dennoch mehr bot, als Viktor sich je hätte träumen lassen. Er bekam zwei warme Malzeiten, konnte sich nach Belieben eines der Mädchen mit nach oben nehmen und war mitten drin im Geschehen, kannte die Leute, kannte ihre Geschäfte und kannte ihre Umgangsformen. Er wusste wohl, wie wertvoll dies war, denn in diesen Kreisen war es überlebensnotwendig, Kontakte zu haben und zu erhalten, sich nicht mit den falschen Leuten anzulegen und dafür zu sorgen, nicht auf der Liste der zu beseitigenden Fremdkörper zu landen. Saschas offensichtliches Vertrauen in ihn war Gold wert.

Bald schon war Viktor nicht mehr nur der Junge hinter der Theke, sondern war mit den Männern unterwegs. Sie stahlen Lastwägen, die Zigaretten oder Alkohol transportierten, verkauften das Zeug zum Spottpreis, weit unter dem eigentlichen Wert, und wurden reich daran. Sie machten Ärger, wo die Dinge nicht liefen, wie Sascha sagte, dass sie zu laufen hatten und erinnerten daran, dass sie nicht um Erlaubnis fragen mussten, um den Laden anzuzünden, dass sie nicht nur Nasen und Kiefer brechen konnten sondern auch

19

Schädel zu zertrümmern wussten, dass sie sich schöne, geliebte Ehefrauen durchaus mit Vergnügen zu ihren Zwecken zu nutzen machten, wenn es darauf ankam und dass sie die Polizei nicht zu fürchten hatten. Und wenn alles nichts mehr half, jede Drohung auf Taubheit und jeder gebrochene Knochen auf Untätigkeit und nicht auf Geld oder Stoff stieß, wurde der Laden gänzlich auf den Kopf gestellt und sie nahmen sich, was sie brauchten. Der Rest wurde aus dem Weg geräumt. Auch die erbärmlichen Männer, die ständig nichts anderes taten als zu beteuern, sie hätten doch kein verdammtes Geld, um es ihnen zu geben und sie sollen doch ihre Frauen und Kinder damit in Frieden lassen. Unsägliches Gejammer mussten sie sich von diesen Kreaturen anhören, aber ganz gleich, in welch einer verlorenen Situation diese sich sahen und gleich, ob diese ihnen wirklich keine andere Wahl ließ, Sascha war es egal und so hatte es auch Marek, Danilo und Viktor egal zu sein. Etwas, was ihnen auch nicht im Geringsten Schwierigkeiten machte. Im Gegenteil. Es war wie eine einzige, große Party.

Viktor passte bestens in diese Gesellschaft und in diese Arbeit. Er war berüchtigter Schläger und der Mann für alles, was Sascha gegen den Strich ging. Er war nicht mehr nur der Junge, der manchmal dabei war, nicht mehr nur Geldeintreiber und auch bald nicht mehr nur Schläger. Längst trug er seine eigenen Waffen und längst gab es auch Leute, die er nicht Saschas, sondern seinetwegen aus dem Weg räumte. Manche mochten sich eben nicht an die Regeln halten und manchen schien er ein Dorn im Auge zu sein. Denn längst gab es auch Leute, die für Viktor arbeiteten und er hatte seine Finger in nahezu jedem Geschäft, das in dem Stadtteil ablief. Er war Konkurrenz. Und über alle Maße gefährlich. Doch bevor man sich auch nur bewusst werden konnte, dass einem Viktors Einflussnahme eigentlich zu schnell ging, als dass man sie gut heißen konnte, und vor allem bevor einem klar wurde, dass dieser Mann einem jedes Misstrauen ansah, wurde man von ihm sauber erschossen.

Die Aufträge wurden mit den Jahren brisanter, die Aufräumarbeiten häufiger, die Summen und Mengen, mit denen gehandelt wurde, höher und Viktor war bald schon über die Grenzen von Saschas Einfluss hinaus bekannt. Und gefürchtet. Vor allem aber geschätzt. Er erklomm langsam immer höhere Positionen, hatte Deals am Laufen, die auch noch weit höhere Summen einbrachten, als es sich Sascha je hätte träumen lassen. Sascha war nahe dem Nichts, im Gegensatz zu dem, was Viktor nun war. Sascha war fortan einer von der Sorte Mensch, die für Viktor arbeiteten und die von Viktors Männern unter Druck gesetzt wurden.

Viktor lernte jede Stufe und jeden Winkel des organisierten Verbrechens innerhalb der russischen Mafia kennen. Mit den Jahren erstreckte sich ein von außen undurchschaubares, verworrenes und unendlich weit verzweigtes Geflecht vor ihm, dessen Enden in jedem Verbrechen, jedem Drogendealer, jedem Mord und jedem Raubzug mündeten. Und dessen Enden irgendwann einmal allesamt von ihm ausgehen würden.

Denn der Tag kam, an dem es einfach niemanden mehr gab, der ihm etwas zu sagen gehabt hätte. Er hatte es sich langsam zur Gewohnheit werden lassen, dass

Widerspruch jeglicher Art ebenso wie unerwünschtes Einmischen in seine Geschäfte unverzüglich und sauber ausgelöscht wurde. Er war jetzt der einzige, der die großen Aufträge erteilte und neben ein paar seiner Männer daran am meisten verdiente. Sein Einfluss reichte längst bis weit über die Grenzen Russlands hinaus. Moskau. Was war damals Moskau schon gewesen. Nichts, wenn man den gesamten Ostblock beherrschte, seine Geschäfte sowohl nach Westen wie Osten ausdehnte und die Finger ebenso in der Politik wie im Krieg hatte. Er handelte Drogen in ganz Russland, machte Moskau zum Hauptumschlagsplatz des Frauenhandels und verkaufte die Mädchen nach Deutschland, Frankreich und die USA. Ihm gehörten unzählige Museen und Kunstausstellungen und vor allem deren überfüllte Archive, deren Schätze er, im Vergleich zu ihrem tatsächlichen Wert, zu Spottpreisen ins Ausland verkaufte. Neben dem Frauenhandel war wohl der Kunsthandel das lukrativste Geschäft. Es reichte aus, ein paar kümmerliche Skulptur und Vasen in Scherben zu zerschlagen und man konnte mit jeder einzelnen Scherbe Unsummen von Geld verdienen. Kenner und Schätzer dieser für sie unsagbar wertvollen Krümel fanden sie dann auf einem indischen Markt in Stroh gewickelt und zu erbärmlichen Preisen angeboten. Und keine Spur führte zu ihm nach Russland.

Und natürlich der Waffenhandel. Viktor begnügte sich längst nicht mehr damit, Waffen und Sprengstoffe an einzelne kriminelle Organisationen und ihre Zwischenhändler zu verkaufen, nein. Stattdessen rüstete er ganze Armeen aus. Gewehre und Munition, Raketen, Mienen, Hubschrauber und alles, was man an Sprengstoffen nur finden konnte. Der Krieg war sein größtes Einkommen. Ebenso wie sein sicherstes. Denn die

Reiberein zwischen den Tschetschenen und den Russen waren, wenngleich es mehrmals so schien, nie zum Stillstand gekommen sondern brodelten stets vor sich hin. Und dazu brauchten sie Waffen. Und dazu wiederum Viktor. Ja, der tschetschenische Krieg war ihm mit den Jahren in der Tat zu einem treuen und guten Freund geworden.

## Kapitel 3

Dezember 1991, Tschetschenien

Beinahe so schmutzig wie der Fußboden, dachte Natalia bei sich, als sie die mitgenommene Oberfläche des Küchentisches betrachtete. Umgefallene oder zerbrochene Gläser, die ein oder andere leere Wodkaflasche, ein altes Kreuzworträtsel-Heft und eine zerdrückte Schachtel Zigaretten lagen darauf verteilt. Sie hasste ihn, den Geruch von Alkohol. Ihr Leben lang würde sie ihn hassen, das wusste sie schon jetzt, mit nur zehn Jahren.

Ihr Blick wanderte durch die Küche. Seit Tagen sah hier alles gleich aus. Mit Ausnahme des Berges an Müll und leerer Flaschen; der hatte sich erwartungsgemäß vergrößert. Verstohlen blickte sie ins angrenzende Wohnzimmer und betrachtete ihre Mutter, die eingewickelt in eine alte Decke, den Aschenbecher und eine Flasche Wein neben sich, auf dem schäbigen Sofa schlief. Ihre Haare waren dünn und zerzaust und die Lippen, die sie im Schlaf leicht geöffnet hatte, verkrustet und aufgesprungen. Wenngleich Natalia diesen Anblick nun seit Jahren kannte, verstörte sie dieses Bild noch immer. Schließlich hatte es Zeiten gegeben, in denen sie eine Familie gewesen waren, in denen ihre Mutter für sie gekocht hatte und ihr Vater noch bei ihnen gelebt hatte. Sie waren nie etwa wohlhabend gewesen, hatten kaum mehr als das nötigste und die vom Krieg beherrschte Stadt im Herzen Tschetscheniens war ihr nie etwas wie eine Heimat

24

gewesen, doch trotz aller widrigen Umstände war sie zufrieden gewesen. Wenn sie nun, in der verdreckten, nach Alkohol riechenden Küche sitzend, zurück blickte, schon nahezu glücklich.

Doch die Erinnerung daran schien angesichts des Bildes, das sich ihr nun bot, unwirklich und fern zu sein. Verfluchter Krieg, dachte sie und legte die Stirn ihres kindlichen Gesichts in Falten. Viel zu früh hatte er ihr ihren Vater genommen. Auf offener Straße war er erschossen worden, als wäre es - so schien es Natalia - die selbstverständlichste Sache der Welt.

Ein Schlurfen auf dem alten Dielenboden der Küche holte sie aus ihren Gedanken. Ihre Kiefermuskeln spannten sich und sie presste ihre kleinen Hände auf den Tisch. „Geh weiter, geh doch einfach nur weiter", dachte sie, als der schwere Mann im Raum stehen blieb und seinen vom Alkohol getrübten Blick in sie bohrte. Jeden Moment fürchtete sie, Eduard würde sie aus der Küche vertreiben, anfangen zu brüllen oder einfach zuschlagen. Einem Menschen wie ihm war alles zuzutrauen, das hatte Natalia nur all zu oft zu spüren bekommen. Sein nach Wodka stinkender Atem stach ihr entgegen und vermischte sich mit dem Geruch seines verschwitzten Hemdes. Diese Momente waren es vor allem, in denen sie sich nach ihrem Vater sehnte. Aus dem Augenwinkel nahm sie wahr, wie er sich mit der Hand durch sein unrasiertes Gesicht fuhr und sich die Haare nach hinten strich. Er murmelte ein paar Flüche und schlurfte weiter ins Wohnzimmer, zog Natalias Mutter vom Sofa hoch schickte sie in die Küche. Träge ließ er seinen Körper auf das Sofa fallen. Ihre Mutter stand einen Moment da und sah mit hängenden Schultern Eduard an. Sie schüttelte den Kopf, wandte sich von ihm ab und strich sich mit zitternden Händen die Haare aus dem Gesicht. Ohne Natalia anzusehen betrat sie dich Küche, ging zur Kommode an der anderen Seite des Raumes und öffnete die oberste Schublade der alten Kommode.

„Geh, Kind, hol deiner Mutter etwas zu trinken."

Sich kurz aber heftig die Schläfen reibend drückte sie dem Mädchen drei Münzen in die Hand, die sie aus der Schublade genommen hatte. Ihre Stimme war dünn und zitternd. Wirkte auf erschreckende Weise krank. Nervös rieb sie sich ihre weißen Knöchel, die unter ihrer dicken, viel zu großen Strickjacke wie Knochen hervorragten. Ihre einst kräftigen Hände waren zu langfingrigen Gebilden verkommen und ihre Nägel waren schmutzig.

Einen Moment betrachtete sie aus ihren geschwollenen Augen das hübsche Gesicht ihrer Tochter, legte den Kopf schief und strich ihr mit der zitternden Hand über die Wange. Wie schön sie war, dachte sie noch bei sich, ehe das Mädchen ihr Gesicht zur Seite wandte, ihren Blick auf den Boden heftete und einen Schritt zurück trat. Natalia ekelte sich vor den nach Nikotin und Alkohol riechenden Händen ihrer Mutter ebenso wie vor diesem kümmerlichen Versuch der Zärtlichkeit. Kristina hielt einen Moment inne, sah Natalia aus müden Augen an und stieß sie an die Schulter. Beinahe wie ein Insekt, das es abzuwehren galt.

„Geh schon."

~

26

Draußen hatte es aufgehört zu regnen. Die kleinen Hände in den Taschen ihrer Jacke vergraben und vorsichtig in die dunklen Nischen der Häuserecken starrend, lief sie die Straße hinunter. Trotzdem es noch früh war, war es schon dunkel und das wenige Licht, das die aufkommende Nacht noch neben sich duldete, versuchte sich mit beachtenswerter Konsequenz, jedoch vergeblichem Bemühen in dieser Welt zu verewigen. Es reflektierte in unzähligen Spiegelungen seiner selbst und ließ die Stadt aus tausenden, weit aufgerissenen Augen in die Dunkelheit blicken. Von dem übermütigen Regen zuvor waren lediglich noch einzelne Tropfen zu hören, die angesichts der vorangegangenen Wassermassen träge, beinahe lustlos von den Dächern der Häuser auf den unnachgiebigen Asphalt fielen.

Ein paar einzelne Schüsse wurden abgegeben, nur wenige Autos waren auf den Straßen und hin und wieder hörte man eine wütende Männerstimme. Mehr nicht. Wie friedlich die Stadt nun schien. Erschöpft und müde. Natalia richtete den Blick in den Himmel. Der Krieg schien tatsächlich für einen Moment zu schlafen.

Ihr dunkles, verspielt locken werfendes Haar wippte bei jedem Schritt eifrig mit und ihre Wangen waren von Wind und Kälte gerötet, als sie schließlich den kleinen Spirituosenladen am anderen Straßenende sehen konnte. Beklommen drehte sie die Münzen in ihrer Manteltasche in den Fingern herum. Sie wusste, dass es zu wenig war, um Alkohol zu kaufen. Nicht einmal den schlechtesten Wodka Russlands würde sie

27

dafür bekommen. Die Stirn erneut in Falten gelegt verfluchte sie innerlich ihre Mutter und Eduard. Eduard vor allem. Allein er war Schuld daran, dass Natalia nun gezwungen war, zu stehlen. Denn würde sie mit lehren Händen nach Hause kommen, würde er sie vermutlich einfach erschlagen. Schon oft hatte sie sich gewundert, wie viel ihr Körper aushalten konnte. Eduard war es auch gewesen, der den Alkohol ins Haus gebracht hatte und der aus ihrer tüchtigen Mutter, die sie einst geliebt hatte, eine Fremde gemacht hatte. Warum nur hatte sie diesen Mann in ihr Leben geholt?

Die Glocke über der Tür des kleinen Ladens klingelte dumpf und kläglich, als Natalia eintrat.

„Hallo", sagte sie leise und mit einem schüchternen Lächeln.

Das Tier von einem Mann hinter dem Tresen erwiderte ihren Gruß mit einem misstrauischen Blick, nickte dann aber gleichgültig und widmete sich wieder seinem rauschenden Radio. Natalia beobachtete ihn aus den Augenwinkeln, wie er mit seinen viel zu großen und ungeschickten Fingern versuchte, es zu reparieren. Angespannt biss sie sich auf die Unterlippe. Er schien zwar abgelenkt zu sein, doch es kam ihr vor als würde sie auf dem Holzfußboden, der keinen ihrer Schritte ungehört entkommen ließ, einen verräterischen Lärm veranstalten. Ihre kleinen Hände ballten sich in den großen Taschen ihres Mantels zu Fäusten.

Wenig später bezahlte sie die Schachtel Zigaretten, um nicht aufzufallen und machte sich wieder auf den Weg

nach draußen. Doch ehe sie die Tür erreichen konnte, hörte sie eine Männerstimme hinter sich:
„Na, hat das kleine Fräulein mir nicht noch etwas zu sagen?"

Eine schwere Hand wurde auf ihre Schulter gewuchtet und hielt sie fest. Wie angewurzelt blieb sie mit dem Rücken zu dem Tier gewandt stehen, froh darüber, nicht in dessen Gesicht sehen zu müssen und seinen stinkenden Atem nicht in dem ihren zu spüren. Sie verfluchte sich innerlich für so viel Unachtsamkeit und war unsagbar wütend, doch kein Laut entwich ihr. Als Reaktion darauf zog sich der Griff um ihre Schulter, der ihre Knochen ineinander drückte, nun gewaltvoll weiter zusammen.

„Hat es da also jemandem die Sprache verschlagen wie ich sehe"

Sie spürte, wie das Tier sie ruckartig herumriss und blickte nun direkt in sein hässliches, rot angelaufenes Gesicht, in dessen Schläfen das Blut sichtbar pulsierte. Zornig und mit einem überlegenen Lächeln stierte er sie an. Natalia rührte sich nicht, blickte dem Mann aber unerschrocken in die Augen, bis das Tier ihr brutal unter ihrem Hals in den Schal griff und sie am Mantelkragen ruckartig vom Boden hoch hob. Die Worte, mit denen er seine Geste der Überlegenheit unterstreichen wollte, gingen jedoch kläglich und unverstanden in dem lauten Geräusch des zu seinen Füßen zerspringenden Glases der Schnapsflasche verloren, die unter Natalias Mantel hervor gerutscht war. Beinahe trotzig blickte Natalia ihn während des folgenden Moments der Stille an.

„Na warte!"

Unter den Füßen des Tieres gruben die Scherben knirschend ihre Spuren in den dünnen Holzboden und der stechende Geruch des Schnapses breitete sich aus, während Natalia durch den Raum gezerrt wurde. Sie konnte kaum ihre Füße auf dem Boden halten, so gewaltsam packte er sie an der Kleidung. Verzweifelt versuchte sie sich noch gegen den Griff des Mannes zu wehren, konnte gegen so viel Kraft jedoch nicht das Geringste ausrichten. Dennoch aber gelang es ihr, ihre rechte Hand unter ihre Kleidung zu schieben und den kühlen Griff des Messers zu fassen, das sie bei sich trug. Tschetscheniens Straßen erlaubten es eben nicht, sie unbewaffnet zu betreten, davon war sie stets überzeugt gewesen. Und wenngleich sie zuvor nie gezwungen gewesen war, sich zu wehren, bestätigte sich ihre Einstellung nun umso deutlicher. Sie hob ihre Arme über den Kopf, holte aus und stieß dem massigen Mann das Messer mit aller Kraft seitlich in den Bauch. Sie war überrascht, wie viel Kraft es sie tatsächlich gekostet hatte, doch das Brüllen, das der Mann plötzlich von sich gab, ließ sie nicht an der Wirksamkeit ihres Stiches zweifeln. Er blieb abrupt stehen, sah mit weit aufgerissenen Augen an sich hinunter und tastete nach dem Messer in seiner Bauchdecke. Der Schweiß stieg ihm auf die Stirn und er begann zu fluchen, als er das warme Blut an seiner Hand betrachtete und sah, wie es auf den Boden tropfte. Doch trotz allen Entsetzens hatte sich sein Griff in Natalias Kleidung nicht gelockert und all ihre Versuche, sich zur Wehr zu setzen, waren vergebens. Sie merkte gar nicht, wie laut sie schrie und den Mann beschimpfte, der sie nun zornig anblickte. Erst, als sie aus den Augenwinkeln die offen stehende Tür sah, vor der sich die letzten Augenblicke abgespielt hatten, verstummte sie und gab ihre Befreiungsversuche auf. Am ganzen Körper bebend und mit noch immer in den Unterarm des gestochenen Tieres gekrallten Fingern starrte sie abwechselnd die drei Männer an, die dort im Türrahmen standen und die Szene offensichtlich beobachtet hatten.

Ihre Blicke hetzten vom einen zum anderen. Es war offensichtlich, dass diese Männer nicht von hier waren. Sie trugen allesamt schwarze Anzüge und glänzende Schuhe, hatten sich die Haare ordentlich nach hinten gekämmt und rauchten Zigarren. Einer von ihnen, der ganz rechts, trug eine schwere Goldkette um den Hals und sein Anzug war von besonderer Eleganz. Sein Gesichtsausdruck hatte sich von Fassungslosigkeit zu einem amüsierten Lächeln gewandelt und schließlich war er es auch, der die Stille, die nur vom leisen Stöhnen des Tieres begleitet wurde, unterbrach.

„Lass sie los", sagte er und machte einige Schritte auf Natalia zu, die ihm wütend entgegenblickte.

„Aber Sir, sie wollte…"

„Tu, was ich dir sage, verflucht nochmal", erwiderte er mit lauter Stimme und sah das Tier scharf an, während er Natalia fest am Arm nahm. Er wandte sich von ihm ab und schloss hinter sich und Natalia die Tür, ohne sich um den Verwundeten zu scheren.

„Unfähiger Idiot", murmelte er während er das Mädchen los ließ, die Tür hinter sich abschloss und den Schlüssel einsteckte. Natalia blieb stehen und beobachtete, wie er mit langsamen Schritten und auf dem Rücken gefalteten Händen um den schweren Holztisch herum ging und sich auf einen der mit Samt bezogenen Stühle setzte. Er stützte die Ellbogen auf die glänzende Tischplatte und sah Natalia mit erwartungsvoller Miene an. Es herrschte erneut Stille. Misstrauisch erwiderte Natalia seine Blicke. Er war unverkennbar ein Mann von größter Autorität. Seine Wangen waren von scharfen Zügen und das kantige Kinn vermittelte einen Ausdruck von Strenge. Er musste ein reicher Geschäftsmann sein, dachte Natalia bei sich. Ja, so mussten sie aussehen, die reichen Leute. Die beiden anderen Männer standen nur schweigend daneben und blickten abwechselnd von Natalia zu ihrem Boss. Es krachte. Das dumpfe Geräusch des aufschlagenden Körpers entlockte Natalias Gegenüber ein belustigtes und zu gleich fassungsloses Glucksen.

„Nun denn, junges Fräulein," sagte er, während er sich von seinem Stuhl erhob und um den Tisch herumging.

„Wie ich höre, hast du ihn also tatsächlich umgebracht"

Mit vor der Brust verschränkten Armen blieb er an die Tischkante gelehnt vor Natalia stehen. Er grinste, als würde ihm dieser Gedanke eine unsagbare Freude bereiten. Fast wie ein Kind.

„Meine Hochachtung."

~

32

Fasziniert sah Viktor in das hübsche Gesicht des kleinen Mädchens, dessen Augen ihn misstrauisch anfunkelten. Natürlich hatte sie Angst vor ihm, das wusste er. Jeder hatte Angst vor ihm. Auch die beiden anderen Männer im Raum, die er aus den Augenwinkeln dabei beobachtete, wie sie ihn fassungslos anstarrten, sich aber nicht zu rühren wagten. Feige Hunde, dachte er nur. Sie würden es nie zu etwas bringen. Unfähige Schwächlinge. Vielleicht sollte er sie entlassen. Oder einfach erschießen. das wäre wohl das einfachste.

Doch für den Moment galt seine gesamte Aufmerksamkeit dem kleinen Mädchen, das da vor ihm stand und ihn mit einer derart unverschämten Verachtung in den Augen anstarrte. Ihre Hände waren zu kleinen Fäusten geballt und ihre Knöchel traten weiß hervor. Darüber hinaus – und dieser Anblick faszinierte Viktor über alle Maße – waren sie mit dem vermutlich noch warmen Blut des Mannes verschmiert, den sie vor wenigen Minuten erstochen hatte.

„Sag, wie alt bist du?", fragte er und legte dabei leicht den Kopf schief.

Schweigen.

„So. Du hältst es also nicht für nötig, mit mir zu reden", folgerte Viktor und begann nachdenklich auf und ab zu gehen.

„Nun ja. Du hast Recht, wenn du sagst, dass dies einen Fremden nichts angeht. Und ja, selbstverständlich hast du auch Recht, wenn du sagst, dass die meisten Menschen es auch gar nicht wert sind, ihnen so viel Achtung entgegen zu bringen und zu antworten."

Er blieb kurz stehen und blickte abwechselnd die beiden anderen Männer im Raum an.

„Von unsagbarer Dummheit sind sie, nicht wahr?"

Nach einer kurzen Pause machte er auf dem Absatz kehrt und wandte er sich wieder Natalia zu.

„Aber, meine Liebe", er beugte sich leicht nach vorne.

„Du solltest bedenken, dass dieser Fremde, der dich gerade nach deinem Alter gefragt hat und den du für nicht würdig genug erachtest, um zu antworten, mit dir tun kann - und das kannst du ruhig wörtlich nehmen - was er will. Niemand wird ihn davon abhalten. Und du am allerwenigsten."

Er betrachtete den unveränderten Gesichtsausdruck des Mädchens.

„Was glaubst du, wie viel dein Stolz hinsichtlich dessen noch wert ist?"

Mit diesen Worten kehrte er ihr den Rücken und ging erneut im Raum auf und ab. Es entzückte ihn, wie viel Trotz sie ihm entgegenbrachte. Herrlich. Er war der größte der russischen Mafia und dieses schmutzige, tschetschenische Mädchen war dabei, sich mit ihm anzulegen. Bewundernswert. Auf höchst amüsante Weise bewundernswert.

„Weißt du, Menschen, die mir Grund zur Unzufriedenheit geben, sich mir in den Weg stellen oder nicht funktionieren, wie sie funktionieren sollen, pflege ich auszuschalten. Du wirst verstehen, dass ein Mann in meiner Position es sich hierbei nicht erlauben kann, zwischen diesen Menschen zu differenzieren. Der Aufwand wäre zu groß und außerdem wäre es das gar nicht wert. Sie kümmern mich nicht, diese Menschen." Wieder sah er bei diesen Worten die beiden Männer an, die verlegen in den Raum starrten.

„Nun, ich werde dir nicht sagen müssen, dass du im Grunde auch zu den Menschen gehörst, die es auszuschalten gilt. Dass du hübsch bist wäre hierbei ebenso wenig ein Grund, anders als gewohnt zu verfahren, wie dass du ein Kind bist. Schließlich wolltest du mich bestehlen, hast den Mann draußen umgebracht und begegnest mir mit reiner Respektlosigkeit. Sag, was könnte hinsichtlich dessen Anlass geben, bei dir eine Ausnahme zu machen?"

Er lächelte.

„Nun, ich will es dir sagen. Nichts. Aber du trägst einen bewundernswerten Willen in dir. Es erfreut mich zu sehen, wie du dich gegen mich sträubst. Du bist mutig. Stur. Trotz deines Alters von einer seltenen Zielgerichtetheit. Du hast ein Potential, das du hier auf den Straßen nie wirst verwirklichen können. Doch ich bestehe darauf, dass du es dennoch tust. Nicht hier, nicht unter diesen Umständen, aber du wirst es tun."

Er ließ Platz für eine kurze Pause.

„Sag, wie ist dein Name?"

„Natalia"
„Natalia. Bezaubernd. Viktor."

~

Sie ging wenige Schritte hinter Viktor her und sah sich
misstrauisch um. Er hatte sie mit in sein Apartment
genommen, weit außerhalb der Stadt. Es war ein großes Gebäude, die Fassade von hellem weiß und die Tür
aus schwerem, dunkelbraunem Holz. Hier gab es keinen Krieg. Natalia konnte weder Schüsse hören noch
aus Gebäuden aufsteigende Rauchschwaden sehen.
Überhaupt war es das einzige Gebäude hier. Umstellt
von Männern in schwarzen Anzügen mit Hunden und
von einem hohen Zaun eingeschlossen. Nein, wohl
fühlte sie sich nicht hier. Doch sie wusste mittlerweile,
dass man sich nicht zu wehren hatte gegen Viktors
Anweisungen. Er hatte sie kurzerhand von zwei Männern in seinen Wagen zerren lassen, als sie versucht
hatte, wegzulaufen. Gelacht und amüsiert den Kopf
geschüttelt hatte er. Verstohlen blickte sie nun zu ihm
auf. Viel mehr funkelte sie ihn wütend an. Nein, wie
hätte sie sich auch wohl fühlen können, wo dieser
Mann sie gegen ihren Willen hier her gebracht hatte?
Wieder dachte sie daran, wegzulaufen. Wald. Überall
gab es nur Wald und weite, braune Felder. Nein, das
würde sie nicht schaffen. Sie fror entsetzlich. Viel zu
dünn war ihr Mantel für den beißenden Wind hier
draußen. Keine Nacht würde sie überleben. Verärgert
grub sie das Kinn in ihren Schal und verfluchte Viktor
innerlich, der sich den mit Pelz gefütterten Mantelkragen hochschlug und lederne, ebenfalls gefütterte
Handschuhe trug. Über ihrem Zorn vergaß sie beinahe
schon die entsetzliche Angst, die sie hatte.

„Na los, komm nur, komm",

Viktor drehte sich zu ihr um und hielt seinen Hut gegen den Wind fest. Er grinste. Natalia überlegte, ob es Spott war, der aus seinem Blick sprach.

„Du hasst mich, nicht wahr?", fügte er hinzu, lachte amüsiert und drehte sich wieder um.

„Ja", sagte Natalia leise. Der Wind verschluckte jedoch ihre Worte. Viktor hatte ohnehin keine Antwort erwartet. Sie stierte zu Boden und folgte ihm widerwillig durch das schwere Eisentor. Laut viel es hinter ihr ins Schloss. Sie strich sich die vom Wind zerzausten Haare aus dem Gesicht und blickte über die Schulter zurück. Die beiden Männer stellten sich erneut mit verschränkten Armen vor dem Tor auf. Beide starrten sie an. Neugierde. Verwunderung. Hass. Natalia wusste es nicht. Der größere der beiden wandte sein Gesicht dem anderen zu und sagte ihm grinsend etwas, ohne dabei den Blick von Natalia zu wenden. Doch der Wind war zu stark, als dass sie die Worte verstanden hätte. Sie sah jedoch, wie der andere kurz auflachte und den Kopf in den Nacken warf. Verbissen blickte sie die beiden unter ihren wehenden Locken hervor an. Ihr Zorn wuchs. Und mit ihm ihre Angst. Sie bereute, nicht weggelaufen zu sein. Wieder sah sie sich um. Der gewaltige Eisenzaun schloss das gesamte Grundstück ein. Zornig blickte sie ein letztes Mal die beiden Männer an, ehe sie sich wieder umwandte und gegen den Wind nach vorne gebeugt weiterging. Sie konnte kaum atmen, so gewaltig fuhr er ihr ins Gesicht.

Viktor war bereits die gewaltige Steintreppe zur Eingangstür hinauf gegangen, als Natalia den Kopf wieder hob. Und wieder spürte sie bohrende Blicke auf sich. Misstrauisch musterte sie ein schwerer Mann, der breitbeinig am Fuß der Treppe stand. Er wandte für einen Moment den Blick zu Viktor, der an ihm vorbei gegangen war, doch dieser kehrte ihm den Rücken. Wieder sah er Natalia an, dann die beiden anderen Männer am Eisentor. Er schien unentschlossen, schwang dann aber seinen schweren Mantel zur Seite und war im Begriff seine Waffe zu ziehen. Natalia sah ihn aus zusammengekniffenen Augen an und blieb stehen. Ihr Herz schlug ihr bis zum Hals. Fassungslos starrte sie auf das Halfter unter seinem Mantel, in dem die Waffe steckte. Das durfte doch alles nicht wahr sein, dachte sie nur, als er mit seiner schweren Hand den Griff umschloss.

„Sir?"

„Möge dir dein verfluchter Gott beistehen, wenn du diesen Revolver ziehst!"

Viktors Stimme wurde nicht vom Wind verschluckt. Mit entsetztem Gesicht sah der Mann zu ihm hoch, wie er seinen Revolver auf ihn richtete. Verlegen nahm er die Hand vom Griff seiner Waffe und schüttelte langsam den Kopf.

„Sir... ich dachte…"

„Halt verdammt noch Mal dein Maul"

38

Natalias Blicke wechselten aufgeregt vom einen zum andren. Viktor zielte noch immer auf den Mann, der vorsichtig einen Schritt zurücktrat. Viktors Gesicht war wie versteinert. Unentwegt starrte er den anderen an. Schließlich senkte er aber seine Waffe und steckte sie langsam wieder ein.

„Komm", sagte er zu Natalia ohne den Blick von dem andren zu nehmen, wandte sich dann jedoch ebenfalls ab und ging durch die geöffnete Tür ins Haus. Natalia sah sich noch einmal fassungslos nach den Männern um und folgte ihm durch den gewaltigen Torbogen.

~

Nie zuvor hatte Natalia derartiges gesehen. Unsagbar viele Zimmer gab es in dem Haus, allesamt von Licht durchflutet und mit großen Fenstern. Die Möbel waren aus schönem Holz, kunstvoll verziert und dunkelbraun. Der Fußboden glänzte und nirgendwo gab es Müll oder herumstehende Flaschen. Es gab im gesamten Haus nicht einmal Stellen, an denen es hineinregnete. Keine Pfützen. Kein Tropfen. Keine Eimer. Und das Badezimmer. Ein richtiges Badezimmer gab es. Die Kacheln und Fließen glänzten im Licht und es gab unzählige Spiegel, die es reflektierten. Genüsslich hatte Natalia sich im hießen Badewasser gewaschen. Heißes Wasser. Mit Seife. Und saubere, weiche Handtücher zum Abtrocknen. Überhaupt war es trotz des rauen Wetters überall im Haus warm. Selbst der Steinfußboden des Badezimmers.

Viktor musste unschätzbar reich sein. Natalia hatte nicht geglaubt, dass es solche Häuser in Tschetschenien überhaupt gab. Sie war überwältigt. Sogar neue Kleider hatte Viktor ihr hinlegen lassen. Einen Pullover aus Wolle. Richtiger Wolle.

Nun saß sie zusammen mit Viktor an dem langen Holztisch im Esszimmer. Er hatte für sie kochen lassen. Noch nie zuvor hatte Natalia Lamm gegessen, doch es war köstlich. Und hungrig war sie ohnehin, denn seit Tagen hatte es in ihrem Haus nichts mehr zu essen gegeben. Wie schon so oft. Von einer warmen Mahlzeit ganz zu schweigen. Und Fleisch hatte es ohnehin nie gegeben. Natalia aß und schöpfte nach. Zweimal. Viktor sah ihr zufrieden dabei zu und.

„Ich hoffe, es hat dir geschmeckt", sagte er, nachdem sie ihren Teller beiseite schob. Natalia nickte, sah Viktor aber nicht an.

„Das wird die Köchin freuen."

Er hatte die Ellbogen auf die Tischkante gestützt und betrachtete sie, wie sie ihr Glas austrank. Bildhübsch war sie.

„Danke", sagte Natalia leise.

„Nicht doch. Es war mir ein Vergnügen."

Er machte eine kurze Pause.

„Morgen werden wir nach Moskau fahren. Ich bin nur geschäftlich in Tschetschenien. Aber sei versichert, meine Köchin in Moskau kocht nicht minder gut, als diese hier"

Er lächelte. Natalia nickte.

„Du wirst zur Schule gehen, Natalia. Lehrer werden dich unterrichten und du wirst lesen und schreiben lernen. Du wirst dein eigenes Zimmer bekommen und es wird gut um dich gesorgt werden. Es wird dir an nichts fehlen. Freu dich auf Moskau. Es wird dir gefallen in Russland. Ohne diesen Krieg hier. Hier gehörst du nicht hin."

Natalia erwiderte seinen Blick. Zwar fühlte sie sich noch immer nicht wohl in seiner Gegenwart, doch sie fürchtete sich nicht mehr vor ihm. Zumindest nicht so sehr, wie noch vor einigen Stunden. Auch ihr Zorn und ihr Widerwille hatten sich gelegt. Viktor schien es doch irgendwie gut mit ihr zu meinen. Wenngleich sie auch nicht verstand, warum. So war sie hin und her gerissen zwischen Misstrauen und Zuversicht.

„Du hasst mich immer noch, nicht wahr?"

Viktor musste ihr ihre Zweifel angesehen haben. Er grinste amüsiert. Natalia senkte den Blick. Sie schämte sich.

„Ich wollte nicht unhöflich sein."

Viktor schüttelte den Kopf.

„Bist du nicht. Es ist gut, misstrauisch zu sein. Es zeugt von einem wachen Verstand. Der wird dich noch oft retten. Es gibt viel zu viele Menschen, die blind durch die Gegend laufen. Zu Recht gehen die meisten von ihnen an ihrer Schwäche zu Grunde. Die Welt braucht keine Versager. Sie werden es nie zu etwas bringen und auch nie ihren Platz in der Gesellschaft finden können. Die Welt braucht Denker. Und Ehrgeiz. Disziplin. Merk dir das."

Natalia nickte. Ihre Zweifel jedoch wurden bestärkt. Was war das nur für ein Mensch?

~

Nie zuvor hatte Natalia derartiges gesehen. Unsagbar viele Zimmer gab es in dem Haus, allesamt von Licht durchflutet und mit großen Fenstern. Die Möbel waren aus schönem Holz, kunstvoll verziert und dunkelbraun. Der Fußboden glänzte und nirgendwo gab es Müll oder herumstehende Flaschen. Es gab im gesamten Haus nicht einmal Stellen, an denen es hineinregnete. Keine Pfützen. Kein Tropfen. Keine Eimer. Und das Badezimmer. Ein richtiges Badezimmer gab es. Die Kacheln und Fließen glänzten im Licht und es gab unzählige Spiegel, die es reflektierten. Genüsslich hatte Natalia sich im hießen Badewasser gewaschen. Heißes Wasser. Mit Seife. Und saubere, weiche Handtücher zum Abtrocknen. Überhaupt war es trotz des rauen Wetters überall im Haus warm. Selbst der Steinfußboden des Badezimmers.

Viktor musste unschätzbar reich sein. Natalia hatte nicht geglaubt, dass es solche Häuser in Tschetschenien überhaupt gab. Sie war überwältigt. Sogar neue Kleider hatte Viktor ihr hinlegen lassen. Einen Pullover aus Wolle. Richtiger Wolle.

Nun saß sie zusammen mit Viktor an dem langen, dunkelbraun glänzenden Holztisch im Esszimmer. Er hatte für sie kochen lassen. Noch nie zuvor hatte Natalia Lamm gegessen, doch es war köstlich. Und hungrig war sie ohnehin, denn seit Tagen hatte es in ihrem Haus nichts mehr zu essen gegeben. Wie schon so oft. Von einer warmen Malzeit ganz zu schweigen. Und Fleisch hatte es ohnehin nie gegeben. Natalia aß und schöpfte nach. Zweimal. Viktor sah ihr zufrieden dabei zu und.

„Ich hoffe, es hat dir geschmeckt", sagte er, nachdem sie ihren Teller beiseite schob. Natalia nickte, sah Viktor aber nicht an.

„Das wird die Köchin freuen."

Er hatte die Ellbogen auf die Tischkante gestützt und betrachtete sie, wie sie ihr Glas austrank. Bildhübsch war sie.

„Danke", sagte Natalia leise.

„Nicht doch. Es war mir ein Vergnügen."

Kurze Zeit herrschte Schweigen.

„Morgen werden wir nach Moskau fahren. Ich bin nur geschäftlich in Tschetschenien. Aber sei versichert, meine Köchin in Moskau kocht nicht minder gut, als die hier"

Er lächelte. Natalia nickte.

„Du wirst zur Schule gehen, Natalia. Lehrer werden dich unterrichten und du wirst lesen und schreiben lernen. Du wirst dein eigenes Zimmer bekommen und es wird gut um dich gesorgt werden. Es wird dir an nichts fehlen. Freu dich auf Moskau. Es wird dir gefallen in Russland. Ohne diesen Krieg hier. Hier gehörst du nicht hin.", fuhr er fort.

Natalia erwiderte seinen Blick. Zwar fühlte sie sich noch immer nicht wohl in seiner Gegenwart, doch sie fürchtete sich nicht mehr vor ihm. Zumindest nicht so sehr, wie noch vor einigen Stunden. Auch ihr Zorn und ihr Widerwille hatten sich gelegt. Viktor schien es doch irgendwie gut mit ihr zu meinen. Wenngleich sie auch nicht verstand, warum. So war sie hin und her gerissen zwischen Misstrauen und Zuversicht.

„Du hasst mich immer noch, nicht wahr?"

Viktor musste ihr ihre Zweifel angesehen haben. Er grinste amüsiert. Sie schämte sich, senkte den Blick und sah auf ihre Knie.

Viktor schüttelte den Kopf.

„Nicht doch.", sagte er.

„Es ist gut, misstrauisch zu sein. Es zeugt von einem wachen Verstand. Der wird dich noch oft retten. Es gibt viel zu viele Menschen, die blind durch die Gegend laufen. Zurecht gehen die meisten von ihnen an ihrer Schwäche zu Grunde. Die Welt braucht keine Versager. Sie werden es nie zu etwas bringen und auch nie ihren Platz in der Gesellschaft finden können. Die

Welt braucht Denker. Und Ehrgeiz. Disziplin. Merk dir das."

Natalia nickte. Ihre Zweifel jedoch wurden bestärkt. Was war das nur für ein Mensch?

~

Von nun an lebte Natalia in einer anderen, ihr vollkommen fremden Welt des Wohlstandes. Schon bei ihrer Ankunft in Moskau glaubte sie, diese Stadt zu hassen. Sie war ein gedrängtes, vor Lärm und Menschen überquellendes Aderwerk von solcher Größe, dass Natalia daran zweifelte, sich hier jemals zurechtfinden zu können. Doch bei ihrer Ankunft an Viktors Haus mit dem umzäunten Anwesen wichen ihre Zweifel. Sie hatte geglaubt, das Haus in Tschetschenien wäre luxuriös gewesen, doch es war nichts im Vergleich zu Viktors Haus in Moskau, am Rande der hektischen Stadt. Ihre kühnsten Vorstellungen von Wohlstand wurden gänzlich in den Schatten gestellt. Beinahe ehrfürchtig hatte sie das gewaltige Haus betreten.

Hier gab es noch weitaus mehr Bedienstete, als in Tschetschenien. Allesamt Menschen, die Viktor beinahe gehörten, denen er Befehle erteilte und die zu gehorchen hatten. Einen davon, den jungen Russen Silas, hatte sie bereits auf ihrer Reise kennen gelernt. Eine Art Sekretär sei er, hatte Viktor gesagt, zugleich auch stets Chauffeur und nicht von seiner Seite weichender Schutzmann. Viktor schätzte ihn überaus für seine Loyalität und Zuverlässigkeit, was ihm eine

Wohnung neben Viktors Haus und ein überaus großzügiges Einkommen brachte.

Das Haus, in dem Natalia nun lebte, war das gigantische Werk von herausragenden Architekten. Große,
geschickt geschliffene Fensterfronten ließen das Ta-
geslicht hinein, sodass die Räume allesamt von einem
hellen Lichtspiel erfüllt wurden. Auch die Innenaus-
stattung war nicht weniger elegant. Die gesamten zwei
Stockwerke waren mit unverkennbar teuren Möbeln,
unzähligen Spiegeln, handgeknüpften Teppichen, mit
durchgehenden Marmorböden und großen Gemälden
von herausragenden Künstlern ausgestattet. Alles in
diesem Haus zeugte ebenso von Viktors unvorstellba-
rem Wohlstand wie auch von seinem zeitlosen Geschmack. Vor allem aber natürlich von seinem Sinn
für Kunst und Antiquitäten. Unzählige Gegenstände,
nannte er sein eigen, deren Wert Natalia trotz Viktors
Bemühungen, sie mit dem Wesen der Kunst vertraut
zu machen, unbegreiflich blieb. Skulpturen, Bilder und
moderne Fotografien vielen ebenso unter seine Sammlung wie Porzellan, Silber und Gold. Manchmal zweifelte Natalia daran, dass Viktor tatsächlich einen Bezug zu diesen Gegenständen hatte. Es schien ihr sehr
viel wahrscheinlicher, dass es in Wahrheit allein ihr in
Zahlen ausgedrückter Wert war, den er schätzte und
der ihn interessierte. –Denn was würde seinen Reichtum besser unterstreichen, als diese überwältigende
Kunstsammlung?

Doch trotz dem scheinbar uneingeschränkten Interesse
wiederholte sich ein Motiv im selben Stil mehrmals im
ganzen Haus und zog sich wie ein roter Faden durch
die Sammlung. Der Russe Ivan Aivazovsky war es,

wie Viktor Natalia erzählte, dessen Hand die großen Ölbilder entsprungen waren. Ohne Ausnahme zeigten sie nur ein einziges Motiv: das Meer. Es waren unbeschreibliche Werke die von herausragenden künstlerischen Fähigkeiten zeugten, Werke, die voller Licht und Schatten, voller Tiefe und Gewalt waren. Sie nannte Viktor den ganzen Stolz seiner Sammlung. Er hatte es sich nicht nehmen lassen, seinen erstandenen Bildern jeweils einen eigenen Raum zu widmen, den sie unter der jeweils perfekter Beleuchtung dominierten. Einziger Wehmutstropfen Viktors war, dass das berühmteste Werk des Malers, „Die Neunte Woge", sich nicht in seinem Besitz befand. Es war weit bekannt und Unsummen von Geld wert, doch leider nicht zu erstehen. Wie Viktor fürchtete auch nicht über kriminelle Wege.

Viktor sah in der Fähigkeit Aivazovskys etwas, das er nicht wirklich beschreiben konnte. Macht vielleicht, hatte er zu Natalia einmal gesagt. Denn was ihn an dem Maller am meisten beeindruckte, war die Tatsache, dass es ihn keinerlei Mühen gekostet hatte, ja dass er scheinbar mit Leichtigkeit diesen herausragenden Erfolg hatte, der ihn zum berühmtesten russischen Maler seiner Zeit machte. Er war wohl der Inbegriff für das, was man einen Senkrechtstarter bezeichnete. Seine Karriere als Maler hatte keine Kurven, keine Gefälle, er war seit frühester Kindheit geschätzt und ohne, dass er Hilfe gebraucht hätte, hatte er sich seine Fähigkeiten angeeignet und perfektioniert. Seine Bilder waren stets gefragt und sie wurden ohne Ausnahme teuer verkauft. Das war es, was Viktor schätze. Leichtfüßige Zielstrebigkeit, Können und Selbstständigkeit.

Das zweite, was er seine Leidenschaft nannte, war die Musik. Klassische Musik. Alles, was sich nicht diesem Gebiet zuordnen ließ, verabscheute er. Auch hier reichte die Spannweite seines Interesses über die gesamte Breite. Ganz gleich ob deutsche, russische oder italienische Komponisten, alle fanden sie seine Bewunderung und alle ließen sie ihn schwärmen. Um die Freuden seiner Musik in vollen Zügen genießen zu können und sie nicht etwa von minderwertiger Technik misshandeln zu lassen, hatte er seine unwahrscheinlich teure Anlage, die ihm ungetrübte Musik in höchster Qualität servierte. Welten lagen zwischen ihren klingenden Schöpfungen und dem Rest des Moments. Die Musik war ein winziges Stückchen in dieser verkommenen Welt, das in Viktors Augen ohne Frage perfekt war.

Und so wuchs Natalia, einst schmutziges Straßenkind, die nächsten Jahre umgeben von Kunst und Musik, Reichtum und Luxus, sowie Viktor und seiner Frau Justina auf. Wie Natalia erfuhr, musste es noch einen Sohn der beiden geben, doch Viktor hatte sie nicht mehr über ihn wissen lassen, als dass er im Krieg sei.

„Der Junge ist gut aufgehoben dort, glaub mir.", hatte er immer gesagt und Natalia indirekt aber deutlich spüren lassen, dass sie nicht nach ihm zu fragen hatte. Und das tat sie auch nicht. Viktors abweisende Art war ungewohnt. Er war ansonsten ein aufmerksamer Gesprächspartner und behandelte sie wie eine Ebenbürtige. Nie war er so verschwiegen, wie wenn es um seinen Sohn ging.

Natalias Eltern waren mittlerweile in weite Ferne gerückt und mit ihnen auch die Gegenwärtigkeit des Alkohols. Denn Viktor trank nur selten und wenn, dann in Maßen und in Kreisen, in denen es angebracht war. Er kam nie betrunken nach Hause und roch nicht nach dem Elend verrauchter Kneipen. Um genau zu sein verachtete er die Unbeherrschtheit von Alkohol- und Drogensüchtigen sogar. Ihre von Abhängigkeit von etwas so bedeutungslosem wie Alkohol oder Heroin stand für ihn für nichts anderes als Dummheit, Disziplinlosigkeit und Selbstaufgabe. Nein, solches Gesindel hatte keinen Platz in seiner Welt. Diese nach Alkohol stinkende Gesellschaft Russlands, die selbst den billigsten Wodka noch als Kern ihrer russischen Identität begriff und als solchen in sich schüttete, war gänzlich unter seinem Niveau. Er hätte also das vom Alkoholkonsum gelenkte Durchschnittsalter eines Russen von 59 Jahren durchaus überschreiten können. Doch in seinem Leben gab es weitaus gefährlichere Dinge als Alkohol und Drogen. Selbstverständlich ließ er Natalia davon nichts wissen. Es waren Geschäfte. Es ging um Geld und Macht. Nichts, was ein kleines Mädchen verstanden hätte.

## Kapitel 4

April 1993, Russland

Manchmal überlegte Natalia noch immer, was geworden wäre, wenn sie diese Flasche Schnaps nicht gestohlen hätte. Wo sie wäre, wenn das Tier sie damals nicht Viktor zum Fraße hätte vorwerfen wollen und was geschehen wäre, wenn dieser sie tatsächlich hätte fressen wollen. Sie mochte gar nicht daran denken. Denn im Grunde war es ihr nie besser gegangen als bei Viktor und Justina. Es fehlte ihr an nichts und ihre Mutter und Eduard vermisste sie genauso wenig wie die alte Wohnung oder den Krieg. Sie lebte in für sie grenzenlos scheinendem Wohlstand und es gab nichts, was Viktor nicht für ihre Bildung und ihre Entwicklung zum Erwachsenen, selbstständigen Menschen getan hätte. Umso mehr sie sich ihr Glück nun vor Augen führte, desto unausweichlicher wurde die Frage, warum Viktor sie nun tatsächlich von der Straße an seine Seite geholt hatte. Natürlich konnte sie ihm durch Fleiß und Tüchtigkeit eine Freude machen, aber das brauchte ein Mensch wie er nicht. Er war keineswegs warmherzig oder liebevoll. Viel mehr kühl und unberührt. Zwar lächelte er, wenn er sagte, sie würde ihm eine Freude machen oder er wäre stolz auf sie, aber seine Gesichtszüge zeigten keine Spur der Ehrlichkeit. Er sagte es, ohne die Stimme zu verändern und ohne dass sie einen weicheren Ton anschlug, als sie es bei einem Gespräch über Napoleon getan hätte.

Natalia wusste nicht, wie sie sein Verhalten ihr gegenüber deuten sollte, was hinter dieser Kälte steckte und ob es ihr galt oder Viktor selbst. Das einzige, was ihr sicher schien war, dass er mit dem Aufnehmen des kleinen Mädchens von der Straße durchaus einen Zweck verfolgte. Er handelte nie ohne Grund. Nie, ohne seine Vorteile daraus zu ziehen. Er war eben Geschäftsmann, dachte sie nur.

Und schon war sie an der nächsten Lücke in ihrem Wissen über Viktor angelangt: Sie wusste nicht, was dieser Mann arbeitete, wie er zu seinem Wohlstand gekommen war und sie wusste auch nicht, warum ihr Haus von bewaffneten Männern und Hunden bewacht wurde. Einziges, was sie wusste, was aber gleichzeitig überhaupt keinen Sinn zu ergeben schien, war dass Viktor einen kleinen Spirituosenladen in einer ver-kommenen, tschetschenischen Stadt hatte. Zwar moch-te er ihn sein Eigen nennen, doch er war mit Sicherheit nicht der Ort, an den er reiste, wenn er, geschäftlich unterwegs war.

Einmal nur hatte sie es gewagt nach den Wachmän-nern draußen zu fragen.

„Ein Schatz wie du will doch behütet werden", hatte er nur geantwortet, aber auch hier war es weniger Zunei-gung, die aus seiner Stimme sprach, als viel mehr die Absicht, sie mit irgendeiner Antwort zufrieden zu stellen. Sie fragte jedoch nicht weiter, denn zum einen begann sie, je mehr sie darüber nachdachte, die tat-sächliche Wahrheit zu fürchten, und zum anderen wollte sie Viktor nicht verärgern.

Und das war, wie sie bald erfahren sollte, alles andere als schwer wenn man versuchte Dinge zu erfahren, die er einen nicht wissen lassen wollte.

„Woher eigentlich kommt dein ganzes Geld?", hatte sie ihn einige Tage nach ihrem zwölften Geburtstag gefragt. Er hatte ihr ein mit roten Edelsteinen besetztes Armband geschenkt. Sie war entzückt über ihr Geschenkt, dessen Wert unverkennbar über ihrem Vorstellungsvermögen lag.

„Es ist nicht wichtig, das zu wissen", hatte er nur ausweichend gesagt.

„Finde ich schon", hatte Natalia, mehr zu sich selbst als zu Viktor, darauf erwidert. Und Viktor wurde ihr gegenüber zum ersten Mal laut.

„Du sollst dich verflucht noch mal nicht in Dinge einmischen, die dich nichts angehen und von denen du nichts verstehst!"

Seine Stimme war schneidend, streng und noch lauter als sonst.

„Lass deine falsche Neugierde auf der Straße, wo du sie her hast und wo sie hingehört!"

Wütend hatte er sie angesehen, sich schließlich ruckartig von ihr abgewandt und das Zimmer verlassen.

Obgleich Natalia aus ihren früheren Zeiten weitaus rabiatere Umgangsformen kannte, erschrak sie angesichts Viktors Reaktion. Er hatte nicht einmal besonders laut geschrieen, aber seine ansonsten so monotone Stimme hatte nun eine unverkennbare Ernsthaftigkeit und einen verärgerten Unterton. Natalia hütete sich in

Zukunft, ihn auf seine Vergangenheit und seine Arbeit anzusprechen. Grundsätzlich war sie vorsichtiger, eher zurückhaltend, wenn es darum ging, mit Viktor zu sprechen. Dieser wiederum schien es entweder nicht zu bemerken oder ignorierte es einfach, weil es ihm egal war. Sie wusste es nicht.

~

Viktor verreiste oft. Geschäftlich, wie er stets sagte. Manchmal war er nur wenige Stunden weg, manchmal aber auch Tage, oft Wochen. In dieser Zeit nahm Justina Viktors Platz ein. Sie war weitaus warmherziger als er und wenn sie mit Natalia sprach, schwankte ihre Stimme von hohen zu tiefen Tönen. Sie lachte oft und herzlich und ihr Gesicht war voller Rührungen und Bewegungen. Dies alles unterschied sie gänzlich von Viktor. In seiner Anwesenheit wollte Natalia viel mehr Erwachsene als nur Kind sein. Justinas Gegenwart jedoch erlaubte letzteres durchaus. Natalia mochte ihre Offenheit, ihr Lachen und ihre Einfältigkeit. Sie war menschlicher als Viktor. Eine unbekümmerte, schöne Frau, die es scheinbar genoss, sich keine Gedanken machen zu müssen, die mit ihrem erfolgreichen Mann gerne zu gehobenen Festlichkeiten ging und die dort auf den ersten Blick erkennen ließ, dass ihr Abendkleid das teuerste war. Geld hatte sie ohne Frage im Überfluss. Unwahrscheinlich teure Pelze, Schmuck, Designermöbel, das ein oder andere Rennpferd – Kleinigkeiten für Justina. Ihr standen alle Wege offen, die man mit Geld begehen konnte und die anderen wenigen kümmerten sie nicht. Eine verschwenderische Maßlosigkeit, mochte man meinen. Doch was sie für sich tat, war nur ein Bruchteil dessen, was sie für andere, bedürftige einsetzte. So hatte sie nicht nur aus eigenen Mitteln eine Krebsstiftung ins Leben gerufen, sondern unterstütze unzählige weitere Organisationen und Projekte.

Doch trotz allem meinte Natalia stets eine allgegenwärtige Kälte zwischen Viktor und Justina zu spüren. Sie lachten nicht miteinander, redeten nicht viel und wenn dann über belanglose Nichtigkeiten. Oft schien es ihr, als wären sie einander Mittel zum Zweck, als lebten sie ansonsten einfach aneinander vorbei. Tatsache war auch, und das wusste sie, dass sie selbst weit mehr von Viktors Aufmerksamkeit bekam, als seine Frau. Wie genau sie die Beziehung zwischen Viktor und Justina deuten sollte, wusste sie jedoch nicht. Es ging sie auch schlichtweg nichts an.

In Zeiten, in denen Viktor länger verreiste, kam es eines Tages, dass Natalia sich nicht zurückhalten konnte und Justina nach Viktors Arbeit fragte.

„Du weißt, dass wenn Viktor nicht mit dir darüber redet, ich es auch nicht tun darf.", hatte sie gesagt und ihr über die schwarzen Haare gestrichen.

„Weißt du, du und Viktor, ihr seid gar nicht so verschieden. Seine Kindheit ist deiner sogar sehr ähnlich. Aber misch dich besser nicht ein, Kleines."

Doch sie hörte keineswegs auf, sich Gedanken darüber zu machen. Wenn Justina ihre Worte tatsächlich meinte, wie sie sie gesagt hatte, kam Viktor wie sie selbst von der Straße. Angesichts seiner unverkennbar einflussreichen Position, die er nun anführte, konnte Natalia das kaum glauben. Ihr junger Verstand war jedoch klar genug um zu erkennen, dass dies auf legalem Wege wohl kaum möglich gewesen sein konnte. Niemand, der auf der Straße lebte, ohne Bildung und mit kriminellen Hintergründen groß wurde, konnte seine Position in legalen Kreisen so weit erheben, wie Viktor es offensichtlich geschafft hatte. Außerdem erinnerte sie sich noch genau an die Szene in Tschetschenien, als Viktor den schwer verletzten Mann mit einer ungerührt nüchternen Handbewegung nach draußen geschickt hatte und sich nicht weiter um seinen Tod scherte. Damals war ihr im Grunde genommen schon klar gewesen, dass ihn das Gesetz nicht kümmerte und er offensichtlich auf dessen anderer Seite wirkte.

Ihr eigenes Glück, die Möglichkeit bekommen zu haben, sich dem Leben auf den Straßen zu entziehen, musste einzigartig sein. Dass Viktor ebenfalls einer solchen Chance in die Arme gelaufen war, schien ihr unwahrscheinlich. Jetzt, wo sie darüber nachdachte, war das, was sie eben Glück genannt hatte, vielleicht ja ebenfalls aus kriminellen Gründen entstanden. Denn wer wusste schon wirklich, was Viktor tatsächlich dazu bewegt haben mochte, sie bei sich aufzunehmen? Wenngleich sie diese Gedanken auch nicht konkret weiter brachten, war sie sich eines dennoch sicher: Viktor musste auf der anderen Seite des Gesetztes leben.

Wie Recht sie mit ihren Vermutungen hatte, konnte sie jedoch nicht ansatzweise ahnen.

# Kapitel 5

März 1995, Tschetschenien.

Seit Tagen marschierten sie. Die erbarmungslose Kälte Tschetscheniens hatte es sich in ihren Gliedern gemütlich gemacht und kein Mantel und kein Pelz vermochte dagegen etwas auszurichten. Die Landschaft war ebenso von der Kälte gezeichnet, wie die Männer selbst. Außer ein paar verkümmerten Sträuchern und dem bisschen toten Gras unter ihren Füßen gab es nichts, was an Leben, und wenn es nur vergangenes Leben war, erinnerte. Trostlos breitete der Himmel seine graue Decke über ihnen aus. Ohne jegliche Kontur, ohne Bewegung, ohne Wolken. An solchen Tagen war es kaum vorstellbar, dass er für gewöhnlich tief blau war und dass es eine wärmende Sonne gab.

Tagelang marschierten und froren sie so durch diese tote Landschaft. Ihre Verpflegung war spärlich, bestand lediglich aus dünner Suppe und altem hartem Brot. Mehr nicht. Dafür waren sie bis auf die Zähne bewaffnet. Unzählige mit Granaten, Pistolen und Messern bestückte Gürtel, Westen die ausschließlich mit Munition versehen waren und das Gewehr auf dem Rücken. Die über die Schultern hängenden Munitionsgürtel vervollständigten das Bild des russischen Soldaten.

Wie schon einige Male zuvor kamen sie an ein Dorf. Es war nicht sehr groß und, wie die anderen auch, stand es in Flammen. Die Männer wussten nur zu gut, was sie dort erwarten würde. Die Tschetschenen würden keine Ausnahme gemacht haben.

Sie stiegen den Hügel hinab. Der mittlerweile bekannte Geruch von verbranntem Fleisch hieß sie willkommen und es bot sich ihnen beinahe dasselbe Bild, wie vor zwei Stunden, als sie zuletzt weiter südlich ein brennendes Dorf aufgefunden hatten. Die Straßen waren von unzähligen Toten gesäumt, denen Dreck und Blut hässliche Fratzen schnitten. Es war vollkommen ruhig. Nicht einmal einen Hund hatten sie am leben gelassen, der hätte bellen können. Die Vermutung lag nahe, dass die Tschetschenen das gesamte Dorf restlos abgeschlachtet hatten. Beinahe schon verlockend war dieser Gedanke. Denn im Grunde wussten sie, dass sie weitaus Schlimmeres erwartete.

Sie hielten bereits Ausschau, wendeten fast schon routiniert den Blick von den toten Körpern und suchten nach dem einen Haus, das nicht brannte. Und sie fanden es. Abseits von den anderen, um nicht vom lodernden Feuer angesteckt zu werden. Nun waren sie sich sicher. Es würde sie dasselbe Grauen erwarten, wie die Male zuvor, als sie auf ihrem Weg auf abgebrannte, russische Dörfer gestoßen waren. Die Männer waren niedergeschlagen angesichts dessen, was sie finden würden und mit den Nerven völlig am Ende. Weinend kauerten einige im Dreck, andere standen nur fassungslos und hilflos zu dem unversehrten Gebäude blickend da und verfluchten die Welt für ihre Scheußlichkeiten.

Was diejenigen finden würden, die sich dazu überwanden, das Haus zu betreten, war nicht zu beschreiben. Ein Lager von Frauen und Kindern. Am Boden kauernd. In einem unbeschreiblichen Zustand zwischen Leben und Tot, in ihren eigenen Blutlachen. Mit Messerstichen versehen, mit abgeschnittenen Händen und Füßen oder mit grotesk verformten, eingeschlagenen Schädel am Boden liegend. Schon lange konnten sie nicht mehr schreien, vermochten nur noch kläglich zu wimmern oder waren bereits stumm. Die Frauen hatten sie vergewaltigt, nackt und halb tot der Kälte überlassen, den Kinder Arme und Beine gebrochen. Niemandem der zwei Dutzend Menschen in diesem Haus war mehr zu helfen, aber dennoch war es zu wenig, um zu sterben. Stunden-, vielleicht sogar tagelang hätten sie sich in den Tod quälen müssen. So waren die Männer letztendlich gezwungen, die Frauen und Kinder des eigenen Volkes umzubringen. Oder zu töten. Oder zu erlösen. Es spielte schon gar keine Rolle mehr.

Er war derjenige, der dieses Mal die Granate warf. Ein einziger, lauter Knall und auch das letzte Haus stand in Flammen, die letzten Menschen waren tot.

Selbst ihn erschütterten die widerwärtigen Taten der Tschetschenen. Er machte sich grundsätzlich zwar keine Gedanken über den Tod und ob er grausam oder schmerzhaft oder schnell oder langsam war. Im Grunde hatte der Tod keine Bedeutung, außer der Tatsache, dass er sein Job war. Aber das hier, das hatte nichts mit dem Tod zu tun.

Gesenkten Kopfes schlurfte er zurück zu seinen Männern, die sich auf dem Kamm des Hügels für einen Augenblick niedergelassen hatten. Hier gab es für sie nun nichts mehr zu tun.

„Weiter", sagte er mit ausdrucksloser Stimme.

~

Es war fast dunkel, als sie ihr Lager für die Nacht aufgeschlagen hatten. Die Dämmerung ließ vermuten, dass es eine neblige, trübe Nacht werden würde. Entsetzlich kalt war es, doch sie waren nun nicht mehr weit von der Stadt entfernt. Sie mussten vorsichtig sein. Schließlich hatten die Tschetschenen mit bewiesen, dass sie wussten, dass die Russen auf dem Weg waren und auch, auf welchem Weg sie waren. Wohl kaum einer würde in dieser Nacht schlafen. Jeder hatte seinen Platz, war in kleinen Gruppen ausgesandt worden, hatte zwei Stunden, die er nicht Wache zu halten hatte. Langsam wurde es ernst.

Er hatte seinen Platz westlich vom Lager, geschützt von zwei armseligen Bäumen und ein bisschen Gesträuch. Auch als Anführer hatte er zu wachen, da konnte und wollte er sich keinen Unterschied erlauben. Nikolaj war bei ihm. Er war noch ein unerfahrener, viel zu junger Soldat, der in eine viel zu große Sache verwickelt war. Solche Anfänger waren hier vollkommen fehl am Platz. Es war nicht gut, wenn man noch nie auf einen Menschen geschossen hatte, und dann gleich eine ganze Stadt einnehmen sollte. Eine Stadt, die sich wehrte und die wusste, das man auf dem Weg zu ihr war. Der Anblick der abgebrannten russischen Dörfer und ihrer Toten machten diese junge Menschen kaputt, bevor ihre Schlacht überhaupt angefangen hatte. Sie wussten ja nicht, was noch auf sie zu kommen würde, in diesem Krieg, in den sie da geschickt

59

wurden. Sie wussten nichts, genauso, wie auch er damals nichts vom Krieg gewusst hatte. Nur zu gut erinnerte er sich an die erste Zeit, die er als neunzehnjähriger Bursche in diesem Loch verbracht hatte. Wie verzweifelt er war und wie er sich gefürchtet hatte. Und wie ihn seine Kameraden hatten spüren lassen, dass sie ihm misstrauten und ihn nur als gefährlichen Dummkopf ansahen. Heute wusste er nur zu gut, warum. Denn mittlerweile hatte er mehr als ein Mal miterleben müssen, was Kriegsneulinge in ihrer Angst, ihrem Übermut oder ihrer Dummheit anrichten konnten.

„Den Arsch werde ich ihnen aufreißen", „Wie die Schweine werden wir sie schlachten", „Die Knochen ihres Gesichts sollen unter meinen Stiefeln nachgeben" – Ihre Sprüche verklangen schnell, wenn sie angeschossen im Dreck lagen und glaubten, zu sterben. Sterben. Was wussten sie schon, was es hieß, zu sterben.

Grundsätzlich wurden diese jungen Soldaten misstrauisch beäugt und weitestgehend unbeachtete sich selbst, ihrem Eifer oder ihrer Unfähigkeit überlassen. Meist fragte niemand nach ihnen und niemand wollte etwas mit ihnen zu tun haben. Doch davon hielt er nichts und so war meist er es, der sie mit sich nahm und sie in ihre Aufgabe einwies. Er war gut darin. Sie fürchteten ihn und er hatte genug zu erzählen, um ihnen zu zeigen, was passierte, wenn man  bei der Wache einschlief oder wenn man zur falschen Zeit am falschen Ort war. Nein, er beschütze sie nicht etwa und sorgte auch nicht dafür, dass sie in weniger gefährlichen Positionen postiert wurden, im Gegenteil. Er machte ihnen unmissverständlich klar, dass und wie sie zu funktionieren hatten, wollten sie nicht ihrem ganzen Trupp den Tod bringen. Die Erfahrung zeigte, dass das sowohl für die Übermütigen als auch für die ängstlichen Schwächlinge unmissverständlich war. Vielleicht gab es ihnen etwas wie Sicherheit, zu wissen, was unachtsame Fehler anrichten konnten. Vielleicht aber auch nur das Wissen, was sie zu tun hatten. Er wusste es nicht. Es war ihm auch schlicht egal, solange es funktionierte.

Und so hatte er nun also Nikolaj an seiner Seite. Er war vielleicht achtzehn Jahre alt. Wohl kaum älter.

„Wir sind ihnen strategisch und technisch überlegen, nicht wahr?"

„Dein blödes Maul halten sollst du!", fuhr er ihn an. Er hatte also Angst, dieser junge Bursche. Es war ihm nicht zu verdenken.

„Wir spielen nicht Schach, du Dummkopf, wir sind im Krieg. Was glaubst du, was dir deine verfluchte Strategie nutzt, wenn die Tschetschenen dein dummes Geschwätz hören?"

Nikolaj war still. Das war es, was diese Jungs brauchten. Einen Tritt ins Gesicht.

*Wir spielen nicht Schach*, hatte er gesagt und war gleichzeitig über seine Worte erschrocken. Nein, tatsächlich war das nicht mit dem Schachspiel zu vergleichen, das er aus tiefstem Herzen zu hassen gelernt hatte. Das Ziel war zwar dasselbe und auch die grundlegende Gegensätzlichkeit der beiden Gegner waren mit dem Spiel identisch. Schwarz und Weiß, Russen und Tschetschenen, auf Gedeih und Verderb aufeinander gehetzt. Das war alles, was das Schachspiel und der Krieg gemeinsam hatten. Denn hier draußen, wo es um Leben oder Tod ging, wurde nicht minutenlang über die verschiedenen Spieltaktiken nachgedacht und unendlich viele Zugmöglichkeiten gegeneinander abgewogen. Man tastete sich nicht abwechselnd und Schritt für Schritt an seinen Gegner heran, hielt sich nicht an Spielregeln, nicht an Einschränkungen einzelner Figuren auf und man nahm keine Rücksicht auf Feldbezeichnungen oder darauf, ob sie belegt waren oder nicht. Stattdessen überblickte man nur genau den Moment, der vor einem lag, der unmittelbar greifbar und berechenbar war. Der Krieg ließ einem keine Zeit, sich zu viele Gedanken zu machen. Es dauerte wenige Sekunden, statt wie bei einer Partie Schach mehrere Stunden, seinen Gegner schachmatt zu setzen. Dies erforderte keine Weitsicht und keine Berechnung, die über den Zeitraum von zehn Herzschlägen hinausging. Ja nicht einmal Fachbegriffe gab es dafür. Einziges Ziel war es, zu töten. Und das nicht über tausend umständliche Umwege, sondern unmittelbar und ungeachtet jeglicher Regeln, Vorschriften und Sonderfälle.

Vielleicht war er deswegen ja so schlecht im Schachspielen gewesen und dafür umso besser, wenn es darum ging Krieg zu führen. Vielleicht war er genau deswegen hier hergeschickt worden. Möglich war alles.

~

Er saß auf einem herabgestürzten Brocken aus totem Beton. Tot, wie die grauen, eingestürzten Wände, wie der Dreck zu seinen Füßen, wie das schale Licht, dass durch die eingeschlagenen Fenster zu ihm hinein kroch, wie die nach Rauch und Krieg riechende Luft, wie zwei Dutzend seiner Männer und so tot wie Hunderte tschetschenische Misthunde.

Es war kaum noch etwas zu hören von dem ohrenbetäubendem Krieg, der die letzten drei Tage hier gewütet, verstümmelt und getötet hatte. Ein paar Rufe der Männer, selten ein Schuss, hin und wieder das Stöhnen der in sich zusammenfallenden Häuser oder der letzten Sterbenden.

Der Blick hinaus auf die von Schutt und Steinbrocken verschüttete Straße bot kaum einen Kontrast zu der grauen Eintönigkeit, in der er saß. Der Himmel, die Straße, die knochigen Fassaden der Häuser und die Gesichter der Toten waren grau. Und tot. Alles hier war tot. Doch sie hatten gesiegt. Hatten die Stadt eingenommen und ihren Job gemacht. Das war gut.

Einen Augenblick ruhte sein Blick auf dem Toten, der mit abgeknicktem, blutverkrusteten Kopf an einem Geröllbrocken lehnte. Faszinierend, welch ein groteskes Bild dieser tote Tschetschene mit seinem viel zu weit nach vorne auf die Brust gefallenen Kopf bot. Seine Augen waren halb geschlossen und der Mund stand leicht offen. Wenn man lange genug hinsah, schien es, als würde er lächeln. Staub und Dreck hatten sich auf seinem Gesicht niedergelassen, bildeten eine an Pergamentpapier erinnernde Schicht und ließen ihn noch toter aussehen, als er es ohnehin schon war.

Vermutlich war er sehr jung gestorben, denn sein Lächeln entblößte schöne, weiße Zähne, die das Bild vollkommen verfremdeten. Abstrakt, dieser als so grausam betitelte Tod, der seinen leblosen Figuren eine solch lächerliche Haltung gab. Der Tod muss ein Kind sein, dachte er. Verspielt, lachend und Kreativ. Und sich daran unsagbar freuend.

Er zog das kleine Buch aus der Brusttasche seiner Weste. Die Monate in Nässe, Kälte und Krieg hatten ihm ebenso zu schaffen gemacht, wie ihm selbst. Sein Einband war längst nicht mehr rot und leuchtend, die Seiten längst nicht mehr von hungrigem Weiß und die dicht gedrängten Worte nicht mehr vollständig lesbar. Schmutzig, den Deckel mehrmals verbogen und seine Kanten geknickt, von Dreck, Regen und seinem Blut verschmiert, klamm und farblos war es. Aber treu. Und tapfer auch. Er schlug es auf, suchte nach dem abgenutzten Bleistift, den er kaum in seinen großen Fingern halten konnte, so klein war er, und begann zu schreiben. Dicht über die verkümmerte Seite gebeugt und sorgfältig Buchstabe um Buchstabe schreibend, saß er in dem Halbdunkel des zerbombten Hauses in der Gesellschaft der albernen Hinterlassenschaft des Todes. Beinahe konnte er ihn lachen hören. Und beinahe hätte er mit eingestimmt. Doch seine Gedanken konzentrierten sich unweigerlich auf die leere Seite vor ihm.

*15.3.1995.*

*Ich habe es nicht geschafft, Nikolaj auf diesen Angriff vorzubereiten. Er ist tot. Wie über zwanzig weitere Männer. Sie hatten einen Namen und ihre Väter wer-*

*den um sie weinen. Zwanzig Männer weniger, die diesen Krieg für Russland kämpfen können. Das ist schlecht. Verantwortlich bin ich. Ich war nicht hart genug zu ihnen. Ich bin zu nachlässig gewesen. Zu unüberlegt. Zu unvorsichtig mit den Soldaten umgegangen. Ich habe die falschen Männer an die falschen Orte geschickt und nun müssen wir unsere Arbeit mit zwei Dutzend Männern weniger machen. Und trotzdem müssen wir ihn gut machen.*

Er sah von seinen Zeilen auf. Eine tiefe Falte hatte sich in seine Stirn zwischen die Augenbrauen gegraben und sein Blick war nachdenklich nach draußen gerichtete. Es schneite.

*Ich habe nicht für ausreichend Munition gesorgt. Wir brauchen mehr. Ich muss mich durchsetzen. Und ich habe zu wenig Sanitäter. Sonst könnten einige unserer Gefallenen weiterkämpfen. Wenn auch verletzt.*

Niedergeschlagen las er seine Worte. Ja, er musste an sich arbeiten. Er konnte es sich nicht erlauben, jedes Mal so viele Männer zu verlieren.

Wieder verlor sich sein Blick im Grau des Himmels über ihm. Nie hatte er aufgehört zu schreiben. Die ganzen Jahre über nicht. Trotzdem er es hasste. Doch er konnte sich nicht dagegen wehren. Ganz automatisch suchten seine Gedanken nach den Worten, die sie aufzuspüren und zu formulieren gelernt hatten. Unzählige Bücher hatte er mit ihnen schon gefüllt. Wie hätte er also einfach damit aufhören können?

Es schneite noch immer. Stärker jetzt. Wie weiß dieser Schnee war. Und welch ein hässliches Gesicht er der Stadt geben würde, wenn er sich mit dem warmen Blut ihrer Toten vermischte.

Still starrte er hinaus, betrachtete das Treiben. Vereinzelt verirrten sich die Flocken in seine Ruinen, schmolzen im Dreck. Er beobachtete, wie einer dieser winzigen weißen Krümel sich auf dem Rest der Fensterscheibe niederließ. Gedankenabwesend und angestrengt starrte er ihn an. Nur einen Augenblick lang. Dann wandte er sich den Seiten vor sich zu. Er begann zu schreiben.

*Schnee.*

*Ein Tropfen Wasser.*

*Er schmiegt sich an, der Tropfen. Bildet eine Oberfläche, eine Masse. Konturlos. Strukturlos. Schwach.*

*Der Kristall des Schnees dagegen. Er bildet weder eine Masse noch ist er eine schlichte Oberfläche. Er ist räumlich. Dreidimensional.*

*Ein faszinierendes Gebilde, diese Schneeflocke. Erstaunlich, wie oft sie sich verzweigt, wie unendlich viele Schichten und Ebenen sie bildet. Von nur einer Mitte ausgehend. Von nur einer Mitte.*
*Räumlichkeit.*

*Sie macht diese Schneeflocke und ihre unendlichen Verzweigungen undurchschaubar. Komplex. Beinahe unfassbar, dieses Gerüst.*

*Perfektion. Beneidenswerte Perfektion. Erstrebenswer-*
*te Perfektion. Erstrebenswert.*

*Erstrebenswert.*

Sein Hirn arbeitete. Wie so oft. Denn da gab es Dinge
in seinem Kopf, die sich außerhalb des Krieges und
des Todes abspielten, die Raum und Zeit verlangten,
die wachsen wollten und die ihn jetzt gerade voll und
ganz beanspruchten. Sie waren noch unbeholfen, seine
Worte, wussten nicht, was sie letztendlich ausformu-
lieren würden und waren überaus vorsichtig gewählt.
Doch mit diesem Schneekristall fand er ein bisschen
Perfektion in dieser billigen Welt. Und er spürte, dass
er sie umsetzten wollte, dass eben diese Perfektion,
diese Komplexität und ihre Unfassbarkeit, wie diese
Schneeflocke sie ihm zeigte, Boden für seine stillen
Vorhaben war. Ein Muster tat sich in ihm auf. Ein
Muster zu etwas, dass er noch kaum zu denken gewagt
hatte, dass so unglaublich weit weg gewesen zu sein
schien und das weniger existent als viel mehr ungebo-
ren war.

Wie schnell sich diese Worte ihren Weg aus seinem
Kopf auf das dünne Papier gesucht hatten, wie einfach,
wie leicht sie sich hatten schreiben lassen trotzdem die
ihnen zugrunde liegende Idee kaum gedacht war. Wie
eigen sie waren, diese Worte. Sie hoben sich gänzlich
von dem ab, was er seit hunderten Seiten zuvor über
Jahre hinweg geschrieben hatte. Sie bildeten einen
derart starken Kontrast, dass er erstaunt seine Zeilen
las und mit seinen schmutzigen Fingern über die Seite
fuhr. Wieder und wieder. Merkwürdig war es, das

Gefühl, das sich dabei in ihm ankündigte. Etwas wie eine nervöse Mischung aus Ehrgeiz und Tatendrang. Und Rache. Und Hass. Ja, die auch. Maßgeblich sogar.

Er klappte das Buch zu, verstaute es mit seinem treuen Bleistift in seiner Westentasche und stand auf. Sein Kreuz schmerzte. Und der Kopf. Und besonders die linke Schulter. Doch es war egal. Etwas hatte sich verändert. *Er* hatte etwas verändert. Etwas grundlegendes, von dem er sicher war, dass es nie zu ändern sein würde. Und das er schon lange als solches verinnerlicht und angenommen hatte. Doch er hatte sich wohl getäuscht.

Der Tote saß immer noch an den Felsen gelehnt da. Er gab ihm mit seinem schweren Stiefel einen Tritt, sodass er mit seinem lahmen Kopf und mit einem dumpfen Geräusch auf den Steinboden aufschlug. Zufrieden ging er nach draußen.

~

28. April 1995

*Ich bekomme eine Ahnung davon, was Endlosigkeit bedeutet. Ich bekomme eine Ahnung davon, was Perfektion bedeutet. Und ich bekomme eine Ahnung davon, was Räumlichkeit im Gegensatz zu Eindimensionalität bedeutet. Und es zieht unendlich viele Möglichkeiten mit sich, unendlich viele Vorstellungen, Muster, Vorlagen, die ich nutzen werde, die ich umsetzten werde, die ich erschaffen werde. Ich werde diesen Kristall als Vorbild nehmen, werde ihn mir zu eigen machen, werde ihn neu erschaffen. Sie wächst, die*

68

*Vision. Sie wächst zu einer formulierbaren Idee: Ein Netzwerk, das nicht zurückzuverfolgen ist, das zu vielschichtig ist, als dass es von außen überblickt werden kann, dass zu verworren ist, um es fassen zu können. Ein Schneekristall. Ein endloser Kristall, der sich unzählige Male in sich widerspiegelt, ohne sich jedoch erkennen zu lassen. Ein gespiegelter Kristall. Ein Spiegelkristall.*

*Spiegelkristall.*

## Kapitel 6

September 1996, Russland.

Er war also nicht vom Krieg verschlungen worden. Zwei Tage, vielleicht drei, dann würden die Truppen laut den Berichten von Viktors Kontaktmännern wieder russischen Boden unter ihren Füßen haben.

Was für ein Gefühl mochte das sein? Was machte der Krieg aus einem jungen Menschen, der in ihm fünf Jahre lang kämpft, foltert und tötet? Und lebt. Das vor allem. Wie lebt es sich in einem Krieg?

Natalia erinnerte sich durchaus noch an seine hässliche Fratze, der sie jeden Tag, den sie in Tschetschenien gelebt hatte, entgegenblicken musste. Doch was sie erlebt hatte, waren lediglich Unruhen. Wütende Rebellen und verkommene Männer auf den Straßen. Einzelne Schüsse, ein paar brennende Autos. Doch wie mochte das wahre Gesicht eines Krieges aussehen? Diese Frage hatte sie sich schon oft gestellt. Und nun, nun sollte sie jemanden kennen lernen, der das nur allzu gut wusste. Der mitten drin war. Der nicht nur in seine Fratze geblickt hatte, sondern der ihm überhaupt sein Gesicht gegeben hatte. Und der kein Geringerer war als Viktors Sohn.

Natalia stellte ihn sich als großen, stattlichen Mann vor, der stolz seine Uniform trug und ebenso stolz nach Hause zurückkehrte. Vielleicht mochte er geschunden und zermürbt sein von den Strapazen, vielleicht mochten diese fünf Jahre ihn zerkratzt haben und bluten lassen haben, aber trotzdem musste es Stolz sein, der einen heimkehrenden Soldaten erfüllte. In ihren Augen war er schon jetzt so etwas wie ein Held. Ehrfürchtig blickte sie dem Moment entgegen, an dem sie ihm gegenüber stehen würde, diesem Mann, der Krieg aus nächster Nähe erlebt hatte, der fünf Jahre lang jeden Tag um sein Leben wie auch um das seiner Kameraden kämpfen musste und der wusste, wie es war zu hungern, zu frieren und zu töten.

Natalia war überzeugt, dass der Vater eines solchen Sohnes nicht weniger stolz sein würde. Aber Viktor war kein Mann von großen Gefühlen. Außerdem redete er nie von seinem Sohn und Natalia wusste, dass dies einen Grund haben musste. Sie vermutete, dass diese Begegnung mehr über Viktor verraten würde als die ganzen Jahre, die sie nun schon bei ihm lebte.

Wie Recht sie hatte.

An dem Tag, an dem der noch mehr Soldat als Zivilist scheinende Mann seit Jahren wieder das Haus betrat, in dem er aufgewachsen war, zeigte sich Viktor von einer Seite, die ihn in ein völlig neues Licht stellte. Sie hatte ja nicht ahnen können, welch tragende Rolle ihr in Viktors Spiel zugeordnet worden war. Ebenso wenig, wie gut sie diese schon die ganze Zeit über spielte. Viktor dagegen musste nicht gesagt werden, was Natalia angerichtet hatte. Er wusste es nur zu gut. Hatte es genauso geplant.

~

Von weitem hatte sie Viktors übermäßig laute Stimme durch das Haus schallen hören. Er hatte noch lauter geredet als üblich. Sein Tonfall war höher gewesen, lebendiger und schwingender, als Natalia es von ihm gewohnt war. Er redete schnell und mit dem Unterton einer übertriebenen, künstlichen Freundlichkeit, die man von ihm nicht kannte. In Natalia stieg schon unweigerlich Misstrauen auf. Und was er ansonsten nie tat: er lachte. Versuchte zumindest, es so aussehen zu lassen. Doch Natalia wusste, dass das lediglich eine oberflächliche, auswendig gelernte Floskel war, die nichts mit Freude zu tun hatte.

Er hatte den jungen Mann ins Esszimmer geführt, wo der Tisch bereits mit edelstem Besteck, Kristallweingläsern und Kerzen gedeckt war. Ein überwältigendes Essen sollte es werden.

„Zur Feier des Tages", wie sie ihn mit seiner fremden Stimme von unten hatte sagen hören.

Als Natalia die steinerne Treppe herunter kam, sah sie Viktor in der Tür zum Esszimmer stehen. Sie wurde von den schmalen Absätzen ihrer Schuhe auf dem Steinboden angekündigt und Viktor drehte sich zu ihr um. Er lehnte sich lächelnd gegen die Wand, ließ seinen Blick an ihr hinunter wandern und sah sie scheinbar voller Zufriedenheit an. Der nachtblaue Stoff ihres Kleides schmiegte sich eng um Natalias Hüften und ließ sich fließend um ihre Knie fallen. Die Seide um ihren Körper wurde lediglich von zwei schmalen Trägern gehalten, die ihre Schultern und ihren Rücken mit nichts als zwei zierlichen Streifen glänzenden Stoffes bedeckten. Er hatte ihr dieses Kleid nur für diesen Abend gekauft. Es musste selbst in sein Vermögen ein Loch gerissen haben, so teuer war es. Die langen, schwarzen Haare fielen ihr weich auf die Schultern, wo sie, gleich wie damals, als sie noch ein kleines Mädchen war, ihre verspielten Locken warfen. Ihr Gesicht war von feinen, exakt symmetrischen und von unglaublich ausdrucksstarken Zügen. Die ebenmäßige Haut benötigte keinerlei Make up und auch ihre Augen wurden lediglich von einer Spur Schwarz betont. Sie hatte eine unglaubliche Ausstrahlung. Wohl kaum einer hätte den Blick von ihr wenden können und es schien unglaublich, dass diese Schönheit von einer Frau erst fünfzehn Jahre alt war.

„Du siehst wundervoll aus.", hatte Viktor gesagt, während er sie so betrachtete. Der Anblick ihres zierlichen Körpers in diesem dünnen Stoff und ihres hübschen Gesichts faszinierte ihn vollkommen. Er trat einige Schritte auf sie zu, nahm sie bei der Hand und führte sie ins Esszimmer, wo Justina und sein Sohn bereits Platz genommen hatten.

Natalia fühlte sich unwohl, trotzdem Viktor einen zufriedenen Eindruck machte und es scheinbar genoss, sie so etwas wie seine Tochter nennen zu können. Doch noch immer trug er dabei seine Maske von künstlicher Freude, die Natalia nicht zu deuten und nicht einzuschätzen wusste. Sie spürte, wie sie nervös wurde und sie ahnte, dass nach diesem Abend nichts mehr so sein würde, wie es gewesen war.

„Darf ich dir vorstellen, das ist meine bezaubernde Natalia. Natalia, mein Sohn."

Natalia lächelte unsicher, wusste nicht, was sie sagen sollte, ja nicht einmal, wie sie den Mann, der an der langen Seite des Tisches gegenüber Justina saß, ansprechen sollte. Ihr wurde bewusst, dass sie nicht einmal seien Namen kannte.

Viktor begleitete sie an ihren Platz und sie setzte sich, während sie den über alle Maße erstaunten Blick des jungen Mannes auf sich spürte. Für einen Moment wagte sie, seinen Blick zu erwidern, doch sie erschrak. Er hatte sehr harte Gesichtszüge und bewegungslos auf sie gerichtete, schmale Augen. Sie vermochte nicht zu sagen, ob es nun Fassungslosigkeit oder Empörung war, die aus ihnen sprach. Er hatte kein Wort gesagt, ihr Lächeln nur mit einem kaum merklichen Kopfnicken erwidert.

Viktor dagegen war bester Dinge. Er setzte sich gegenüber Natalia an die Stirnseite des Tisches und ließ seine Bediensteten den Wein einschenken. Er redete unablässig, laut und in einem Ton, der unkompliziert und locker sein sollte. Keiner von den anderen sagte indes auch nur ein Wort. Zum einen, weil ohnehin niemand gegen ihn angekommen wäre, zum anderen aber, und das vor allem, weil keiner mit der vor Anspannung gereizten Stimmung umzugehen wusste.

Zwar richtete sich Viktors Gerede ohne Ausnahme an seinen Sohn, doch er blickte ihn dabei nicht ein einziges Mal an. Kühl sah er an ihm vorbei, während seine Stimme weiterhin unbekümmert auf ihn einredete. Natalia dagegen wurde langsam zum Mittelpunkt seiner Aufmerksamkeit und zu ihrer Verwirrung bald auch einziger Inhalt seiner Worte.

„Ja, meine Natalia", hatte er gesagt, „ein umwerfendes Mädchen. Aber das werde ich wohl nicht erwähnen müssen, das ist offensichtlich, nicht wahr?"

Er lachte kurz und als einziger.

„Du wirst gar nicht glauben, wie es zu unserer ersten Begegnung kam", fuhr er fort.

„Da kam doch dieses damals knapp zehnjährige Mädchen in meinen Laden marschiert und wollte eine Flasche Schnaps stehlen. Ja, kannst du dir das vorstellen? Bestehlen wollte sie mich, ganz Recht. Und wenn es denn dabei geblieben wäre, aber nein, was tut sie:", erneut lachte er kurz und amüsiert, „sie bringt einen meiner Männer um."

Er schüttelte den Kopf als könne er seine Worte selbst kaum glauben und gewährte Platz für einen Moment der Stille.

„Ja, du hast schon richtig gehört, umgebracht hat sie ihn. Ihr Messer hat sie in seinen fetten Wanst gestochen und in den nächsten Minuten ist er verreckt wie ein Hund. Ist das nicht vollkommen unfassbar? Sich mit zehn Jahren so dreist mit mir, ausgerechnet mir anzulegen? Kannst du dir das vorstellen? Ja, ich habe damals auch gestaunt, das kannst du mir glauben."

Er nickte gespielt ernst und leerte sein Glas Wein.

„Übrigens", setzte er mit hoher und beinahe aufgeregter Stimme erneut an und stellte sein Glas zurück.

„Sie ist Tschetschenin"

Bei diesen Worten sah er seinem Gegenüber erstmals fest in die Augen. Er grinste leicht, aber genüsslich und gespannt.

Sein Sohn wandte nun erstmals seine steinernen Augen von Natalia und erwiderte Viktors Blick, der nun unverkennbarer amüsiert war und nicht mehr nur aufgesetzte Freude erkennen ließ. Sein Grinsen wurde breiter. Und trotzdem sein Gegenüber nach außen hin keine Regung vordringen ließ wusste Viktor, dass er ins Schwarze getroffen hatte. Zufrieden griff er erneut zu seinem Glas.

Schlagartig wurde Natalia klar, was diese Worte für den jungen Mann in Wirklichkeit bedeuteten. Ihre Gedanken überschlugen sich und sie stierte die Stirn in tiefe Falten legend in Viktors Gesicht. Er hielt ihrem Entsetzen stand und grinste unentwegt.

„Ist es nicht so, Liebling?", sagte er nur

Er wusste genau, was nun in Natalia vorging, hatte es genauso geplant und freute sich nun tatsächlich beinahe wie ein kleines Kind, dass alles so wundervoll funktionierte. Warum hatte sie das nicht schon vorher erkannt? Es lag doch auf der Hand, warum also war ihr nicht bewusst gewesen, dass Viktors Sohn nirgendwo anders im Krieg gewesen sein konnte, als in Tschetschenien, dass er auf niemand anderen geschossen haben konnte, als auf Tschetschenen und dass es auch die Tschetschenen waren, dem sein ganzer Hass gebührte und denen er jeden einzelnen ihrer unzähligen

Toten gönnte. Natalia drehte sich der Magen um bei dem Gedanken, was nun in dem jungen Mann vorgehen musste. Nicht nur, dass sein Vater irgendein Straßenkind aufgenommen hatte und es seine Tochter nannte, nein, dass sie auch ausgerechnet noch Tschetschenin war, ließ Viktors Tat zu einer Grausamkeit und Natalia zu einem Stück Dreck werden. Ihr Volk war es gewesen, gegen das sein Vater ihn fünf Jahre lang in den Krieg geschickt hatte, dass er bald schon zu verabscheuen und zu verachten gelernt hatte, auf dessen Menschen er geschossen und auf dessen Toten er gespuckt hatte. Und nun saß diese bildschöne, von seinem Vater angehimmelte Tschetschenin mit ihm an einem Tisch. Natalia fragte sich, warum er sich nicht auf sie stürzte um sie zu erschlagen.

Viktor selbst dagegen stand es ins Gesicht geschrieben, dass er auf diesen Moment gewartet hatte und dass er sich wohl fühlte in seiner Rolle. Zufrieden und entzückt angesichts des sich ausbreitenden Entsetzens lehnte er sich in seinem Stuhl zurück und ließ den Blick zwischen Natalia und seinem Sohn hin und her schweifen. Zunächst hatte Viktor den Eindruck in Natalia erweckt, als wäre er ein völlig fremder Mensch, den sie nicht kannte. Sie hatte nicht glauben können, dass ihr Gegenüber tatsächlich Viktor war, hatte keinen Grund dafür finden können, warum er sich so ungewöhnlich verhielt. Doch langsam begriff sie, dass das Viktor war, wie er leibt und lebte. Er hatte sich nicht verändert, sondern war genau so schon immer gewesen, von derselben Kälte und Skrupellosigkeit, die er nun an den Tag legte. Er machte mit seinem freundlichen Gerede seiner kalten, beherrschenden Art sogar alle Ehre.

Einziges, was Natalia nicht verstand war, warum ein Vater seinem Sohn derartiges antat. Was musste geschehen sein, um es soweit kommen zu lassen? Was mochte es sein, dass sich so unabwendbar zwischen Viktor und seinen Sohn, seinen einzigen Sohn, gedrängt hatte? Natalia vermochte es sich kaum vorzustellen, welch ein Hass in einem Menschen leben musste, um seinen Sohn so zu demütigen.

Justina saß die ganze Zeit über stumm auf ihrem Platz. Die Ellbogen auf den Tisch gestützt grub sie sich die Fingernägel in ihre Handflächen und drückte die Fäuste gegen ihr Kinn. Sie starrte unverändert geradeaus ins Leere, hin und wieder sah man, wie sich ihre Gesichtszüge anspannten und sie die Stirn noch tiefer in Falten legte. Sie wagte nicht, sich in Viktors Herrschaft über diesen Abend einzumischen. Ihr war durchaus klar, dass er ihn sich nicht würde nehmen lassen. Auskosten würde er ihn. Und das in vollen Zügen. Sie konnte nicht nur wie Natalia vermuten, was sich hier abspielte und musste sich in der unerwartet angespannten Atmosphäre im Raum nicht erst zurechtfinden. Sie hatte schon lange gewusst, wie dieser Abend ablaufen würde.

„Aber weißt du", unterbrach Viktor unverhofft und sichtlich freudig die gereizte Stille, „weißt du, was mich am meisten beeindruckt hat, an diesem kleinen Mädchen?", fuhr er langsam, seinen Satz genüsslich in die Länge ziehend und sich auf den Ellbogen über den Tisch beugend fort.

„Das alles hat sie für ihre Eltern getan."

Jede Silbe hatte er betont, mit jedem Wort die Bedeutung dessen, was er sagte, unterstrichen.

„Sie war bereit, für sie zu stehlen, war bereit, ihnen ihre Loyalität und ihren Respekt zu beweisen. Ja, Respekt hatte sie ihnen gegenüber, geachtet hat sie sie, trotzdem sie ein verkommenes Pack von Alkoholsüchtigen waren. Bedingungslos. Ja, Bedingungslos stand sie hinter ihnen. Sag, Junge, ist das nicht gleichermaßen beeindruckend wie ehrenswert?"

Er lehnte sich langsam zurück, hielt sein erneut gefülltes Glas in der Hand und blickte unverwandt seinen Sohn an, erneut gierig auf dessen Reaktion wartend. Dieser nahm wiederholt den Blick von Natalia und richtete ihn nun in den leeren Raum.

„Wahrlich beeindruckend, Vater."

Dies waren die ersten und auch die letzten Worte, die Natalia ihn an diesem Abend hatte sagen hören. Seine Stimme war tief, eisern und kalt, gleichzeitig aber leise und kraftlos.

„Ja, wahrlich beeindruckend, meine hübsche Natalia, wahrlich beeindruckend.", hörte sie Viktors Stimme den Raum erfüllen.

„Ich bin stolz, sie meine Tochter nennen zu dürfen"

Er erhob seine Hand und strich ihr sanft über die Wange. Natalia wagte es nicht, sich zu rühren.

„Ich will gar nicht daran denken, was aus ihr geworden wäre, hätte sie ihr ganzes Leben auf der Straße verbringen müssen. Im Dreck. Im Krieg. Nein. Kinder gehören nicht in den Krieg. Und schon gar nicht in den auf Tschetscheniens Straßen. Nein, Tschetschenien ist kein Ort für junges Leben, wo es ungeliebt und unbehütet ums blanke überleben kämpfen muss. Nein, da gehört junges Leben nicht hin, nicht wahr?"

Niemand antwortete, doch jeder kannte die Absicht dieser Worte.

„Übrigens ist sie eine großartige Schachspielerin", fuhr Viktor unbeirrt fort.

„Aufmerksam und Berechnend"

Natalia starrte Viktor verwirrt an. Sie hatten nie zusammen Schach gespielt.

Der Anblick der sich verkrampfenden Hände des jungen Mannes jedoch zeigte unmissverständlich, dass diese Worte von größerer Bedeutung waren, als Natalia ahnte. Und Viktor genoss es. Kein einziges Mal fragte er nach den Erlebnissen seines Sohnes sondern, redete unbeirrt weiter, erzählte von seiner Natalia, seinem Mädchen, wie fleißig und klug, wie hübsch und wie bewundernswert sie sei. Er nannte seinen Sohn dabei nicht ein einziges Mal bei seinem Namen.

Eingeengt zwischen der Aufmerksamkeit der beiden Männer, spürte sie einerseits Viktors Zufriedenheit darüber, dass seine Worte und sein Mädchen ihre Wirkung voll entfalten konnten, andererseits die hasserfüllten Blicke seine Sohnes, der sie unablässig anstarrte. Sie wagte kaum den Blick zu heben.

Größtes Verständnis hätte sie dafür gehabt, wäre der junge Mann von seinem Stuhl aufgesprungen und hätte ihr den Schädel eingeschlagen.

~

Er saß in seinem Zimmer. In demselben Zimmer, in dem er früher schon immer gesessen hatte. Und dieselbe Lampe verströmte ihr steriles Licht über den Schreibtisch. Auch der Stuhl war derselbe und seine staksigen Beine wackelten noch immer auf dem unebenen Fußboden. Nur das Bett hinter ihm war nicht das von früher. Das wunderte ihn, doch er war froh, das alte Stahlgitterbett nicht mehr sehen zu müssen. Es hätte ihn mittlerweile ohnehin nicht mehr tragen können. Doch der Rest des Zimmers war noch genauso wie damals, als er es verlassen hatte. Unverändert.
Umso mehr fühlte er sich in eben diese Zeit, das, was andere ihre Kindheit nannten, zurückversetzt. Nein, dachte er, von Kindheit konnte in seinem Fall nicht die Rede sein. *Ausbildung* vielleicht. Oder besser: *Domestikation*. Doch auch das konnte es nur oberflächlich ausdrücken.

Vor sich auf der unebenen Schreibtischplatte hatte er sein Buch. Es war nicht aufgeschlagen, er saß einfach nur da und starrte seinen verblichenen, von der ständigen Nässe Tschetscheniens aufgeweichten Einband an. Schreiben hatte er wollen. Doch was schon sollte er schreiben. Zum ersten Mal seit langem wusste er es nicht. Ja, es war in der Tat wie früher.

Viktors Worte hallten in seinem Kopf. Immer wieder wiederholten sie sich und immer wieder kehrte das Bild dieser Tschetschenin in sein Bewusstsein zurück.

Tschetschenin war sie.

Einerseits war es der aus dem Krieg gegen die Tschetschenen mitgebrachte Hass, der bei diesem Gedanken über ihn kam, andererseits das altbekannte Gefühl, versagt zu haben. Und das, wo er zum ersten Mal in seinem Leben geglaubt hatte, seine Sache gut gemacht zu haben. Sogar mehr als gut. Nicht umsonst war er als Leutnant, als geachteter und gefürchteter Mann, aus dem Krieg entlassen worden. Läge da die Vermutung nicht nahe, ein Vater würde stolz sein auf einen solchen Sohn?

Und nun diese Tschetschenin.

Wie oft hatte er auf ihre Leute geschossen? Und wie viele seiner eigenen Leute hatte er ihrer Grausamkeit zum Opfer fallen sehen? Das sollte er vergessen? Wo doch auch sein Vater es war, der ihn in diesem Krieg hatte sehen wollen, der ihm diesen Hass aufgezwungen hatte? Und nun, gerade bei dieser einen, sollte er eine Ausnahme machen?

Eine tiefe Furche grub sich in seine Stirn zwischen seine Augenbrauen. Gedankenverloren und noch immer vor sich auf den Umschlag des Buches stierend trieb er sich langsam die stumpfe Spitze seines Bleistiftes in die Haut seiner rechten Handfläche.

Sie war so viel mehr als nur Tschetschenin. Einen Namen hatte sie. Natalia. Als wäre das selbstverständlich. Und wie selbstverständlich hatte sie an der großen Tafel im Esszimmer Platz genommen. Dort, wo sein Platz hätte sein müssen. Ihr gehörte Viktors gesamte Aufmerksamkeit, all seine Zuneigung und vor allem sein Stolz. All das, was ihm immer verwehrt geblieben war und wofür sein Vater ihn offensichtlich nicht einmal jetzt als gut genug erachtete. Trotz aller Anstrengungen. Trotz aller Anpassung an die Wertvorstellungen Viktors. Und sie sollte es so einfach haben, hatte so leicht ihren Platz an Viktors Seite eingenommen und ihn selbst mit ihrem, ohne Frage bezaubernden, Lächeln restlos in den Schatten gestellt.

Ein warmer Tropfen Blut bahnte sich seinen Weg über seine Handfläche, als die Mine des Bleistiftes die Haut durchstach und ihn aus seinen Gedanken weckte. Er wischte ihn am Stoff seiner Hose ab und schlug schließlich doch noch das Buch auf.

*30. September 1996.*

*Der schönste Juwel seiner Boshaftigkeiten ist sie. Mit Abstand. Sie ist das perfekte Werkzeug. Demütigend. Und das weit über die Grenzen des bereits Erfahrenen hinaus.*
*Ich werde einfach stillhalten. Ich werde wie seit jeher stillhalten und mir den Zaum anlegen lassen.*

*Was wissen sie schon. Nichts. Sie denken nicht über die Grenzen ihres Erreichten hinaus, werden ihre beschränkte Eindimensionalität nie erkennen und sie werden nie sehen, welche Möglichkeiten sich ihnen bieten. Dumm. Ja, vielleicht sind sie dumm, mein Vater und seine Tschetschenin.*

*Und ich werde einfach stillhalten. Bis ich zum Zug komme. Und ich werde geschickter ziehen als Vater es sich wünschen wird.*

## Kapitel 7

Juni 1972, Russland.

Viktor hatte seinen Sohn noch nie anders behandelt als am Tag seiner Rückkehr, noch nie mehr in ihm gesehen als ein Schwächling. Schon mit seiner Geburt hatte es angefangen.

Justina hatte mit ihren Wehen zu kämpfen, ihr Gesicht war schweißüberströmt und die von Viktor angestellten Ärzte rotierten durch das steril wirkende Krankenhauszimmer. Mit vor der Brust verschränkten Armen stand Viktor am Kopfende des Bettes und beobachtete die Ärzte. Er war sich nicht sicher, ob er ihnen deutlich genug gesagt hatte, worum es hier ging. Nämlich um seinen Sohn. Mehrmals hatte er ihnen eingeschärft, dass sie sich keinen, auch nicht den geringsten, Fehler erlauben durften. Es sollte alles glatt laufen. Ohne Zwischenfälle. Ohne Komplikationen. Und sollten diese doch auftreten, was Viktor angesichts der umfassenden Vorsorge, auf die er während der gesamten Schwangerschaft bestanden hatte, kaum vorstellen konnte, so hatten diese Männer zu funktionieren und einzugreifen. Er hatte sich bereits gründlich durch den Kopf gehen lassen, was er mit ihnen tun würde, wenn sie nicht zu seiner Zufriedenheit arbeiteten. Bereuen würden sie es, dieses Kind, seinen Sohn, nicht angemessen behandelt zu haben. Ihre gesamte Aufmerksamkeit hatte er verdient. Schließlich bezahlte Viktor sie dafür.

Er zügelte seine Gedanken. Ja, es war sein Sohn, der Sohn eines, wenn nicht *des* einflussreichsten Mannes

Russlands, der einmal in seine Fußstapfen treten sollte. Dennoch ermahnte er sich in Gedanken. Es war nicht gut, den Dingen mehr Bedeutung beizumessen, als ihnen gebührte. Er spannte sein Kreuz an, richtete sich gerade auf und legte den Kopf leicht in den Nacken. Selbstbeherrschung war eine Stärke, das wusste er. Dieses Kind würde sie ihm nicht nehmen. In keinem Moment.

Eindringlich fixierte er den großen, hageren Mann. Kaumann war sein Name. Als der Beste, der in Russland derzeit zu finden sei war er ihm empfohlen worden. Sein Name hatte Kreise gezogen, sowohl was die Veröffentlichung neuer medizinischer Erkenntnisse, als auch seien herausragenden Erfolge in der Behandlung anging.

Viktor wusste seit langem vom Ruf des Arztes und hatte sich beizeiten dafür eingesetzt, dass dieser nicht nein sagen würde, wenn er das Angebot bekam, in Russland diversen Forschungszwecken nachzugehen. Dr. Kaufmann war hochambitioniert, was das Mitwirken an Forschungstätigkeiten russischer Institutionen anging. Da stellte Viktors Zutun lediglich eine Bestätigung dar. Die Möglichkeiten der russischen Forschung, deren Grenzen sich weniger in Gesetzen als in finanziellen Mitteln abzeichneten, versprachen einen ungeahnten Handlungsspielraum für den westlichen Arzt. Immerhin würde Viktor nicht mit Geld geizen, das wusste er. Kein betteln um Förderungsgelder, kein über Moral und Ethik wachendes Auge von Öffentlichkeit und Politik, stattdessen den einflussreichsten Mann des gesamten Ostens als großzügigen Sponsor und hochmoderne Forschungseinrichtungen. Es lockten Versuchsergebnisse von nie da gewesener Bedeutung, ein steiler Sprung auf der Karriereleiter und ein überaus großzügiges Einkommen.

Trotz allen Misstrauens war Viktor zufrieden. Kaufmann war ein Mann nach seinen Vorstellungen. Ehrgeizig und sich nicht scheuend, moralische Werte hinten anzustellen, wenn es um seinen eigenen Erfolg ging. Viktor war sich sicher, den besten zu haben, den er kriegen konnte. Dennoch ließen seine Blicke nicht von dem Arzt ab. Das Misstrauen war offensichtlich, das wusste er. Gut so, dachte er. Jede Nachlässigkeit würde ihn rasend machen. Er sollte sich davor hüten, einen Fehler zu machen.

Es war keine schwere Geburt. Alles verlief tatsächlich ohne Komplikationen und Viktor sagte den Ärzten, besonders Dr. Kaufmann, ein überaus großzügiges Gehalt für ihre Dienste zu.

Trotz allem war Viktor aber aufs äußerste angespannt. Seine Gesichtszüge versteinerten sich zu einer Miene die Unzufriedenheit verriet.

Dieses Kind. Es war so schwach. So unfähig. Seine kümmerlichen Arme und Beine, seine abstoßend faltige Haut. Kaum geschrieen hatte es. Er mochte es nicht ansehen. Es nicht berühren. Es nicht seinen Sohn nennen.

Warum konnte er nicht sagen. Dieses Gefühl, dass dieses Geschöpf, auf das er einst gedachte stolz zu sein, zeugte von nichts als Schwäche. Weichheit. Abhängigkeit.

Seine Muskeln verkrampften sich während er das neugeborene Kind in Justinas schützenden Armen sah. Die Situation überforderte ihn maßlos. Ohne ein Wort zu äußern verließ er mit steifen Schritten das Zimmer. Er suchte die Toilette auf. Über das Waschbecken gebeugt stand er da, die Hände vors Gesicht geschlagen. Er weinte. War verzweifelt über dieses Kind, seine Gebrechlichkeit und seine Hilflosigkeit. Wie sollte es jemals sein Nachfolger werden? Wie sollte es seinen Vater jemals stolz machen können?

Er schämte sich für dieses Kind und war sich sicher, dass sich das auch nicht mehr ändern würde. In den Ruin würde es ihn treiben. Entweder trotz oder wegen seiner Schwäche. Aber das machte dann keinen Unterschied mehr. Er fuhr sich mit den Händen durchs Gesicht und richtete sich auf. Er sah müde aus. Sein Spiegelbild verriet die Unbeherrschtheit der letzten Augenblicke und er rieb sich erschrocken die roten Augen. Wieder schämte er sich. Ein derartiges Verhalten konnte und vor allem wollte er sich nicht erlauben. Er drehte den Hahn auf und spritzte sich das kalte Wasser ins Gesicht. Nein, sagte er sich wieder, dieses Kind würde ihm seine Selbstbeherrschung nicht nehmen.

Der Gedanke, es seinen Sohn zu nennen widerstrebte ihm. Er war dessen nicht würdig. Hatte so viel Achtung mit nichts verdient. Und ebenso wenig hatte er es verdient, überhaupt irgendwie genannt zu werden. Er würde keinen Namen bekommen. Jeder hatte dafür zu arbeiten, hatte sich den Namen zu verdienen, ehe ihm

Beachtung geschenkt wurde. Dieses Kind würde da keine Ausnahme machen.

Eine gewisse Entschlossenheit kündigte sich mit der in Falten gelegten Stirn an, die der erneute Blick in den Spiegel zeigte. Er stierte sich verbissen an.

Ja, arbeiten sollte es für ihn. Ihn sich erkämpfen, wie sich jeder in dem Geschäft seinen Namen zu erkämpfen hatte. Er würde diesem Kind schon auf die Beine helfen, würde seine schwache Natur nicht dulden und ihm jegliche Weichheit austreiben. Jeden Moment wollte er es spüren lassen, dass diese Welt nicht gut zu einem war, dass man sich ihren Respekt erarbeiten musste und dass sie keinen Platz hatte für Schwächen.

Sein zuvor unkontrollierter Körper nahm wieder die gewohnte, Überlegenheit demonstrierende Haltung an. Er schob das Kinn nach vorne, rückte seinen Anzug zurecht und sog tief die Luft ein.

Ja, dachte er bei sich, das war der einzige Weg, über den dieser Junge lernen konnte, mit seinem Leben zurechtzukommen. Alles andere hätte ihn zu einem naiven und vor allem nachgiebigen Schwächling verkommen lassen. Doch das würde Viktor nicht zulassen Ein strenger, aber guter Lehrer würde er ihm sein, da war er sich sicher.

Beinahe wieder von der gewohnten Beherrschtheit und Zuversicht erfüllt, hatte er den Raum verlassen.

~

Jedoch hatte Viktor grundsätzlich kein Interesse an Geschöpfen, die weder sprechen noch laufen noch ihn verstehen konnten, wenn er von Geld, Macht und Ehrgeiz sprach. Das entzog sich seiner Verantwortung. Was hätte er mit dem Jungen schon anfangen sollen. Also war Justina zunächst diejenige, die sich um ihn kümmerte. Sie war eine liebevolle Mutter und hätte dem jungen durchaus eine schöne Kindheit schenken können.

Viktors Einmischen nach wenigen Jahren der Zurückhaltung wusste dies jedoch zu verhindern. Trotzdem der Junge erschrak angesichts so vieler Dinge, deren Natur er nicht verstand, und damit vollkommen überfordert war, versuchte Viktor ihm Disziplin und Selbstbeherrschung, Respekt und Ehrgeiz beizubringen. Je früher desto besser, sagte er sich.

Justina war sich bewusst, dass ihr Mann kein guter Vater war. Er konnte und wollte seinem Sohn nichts an Liebe oder Zuneigung vermitteln. Seine einzige Absicht war es, ihn zu dem zu formen, was in seinen Augen ein guter Sohn war. Anfänglich hatte sie noch versucht, ihn zu bremsen, hatte versucht ihm klar zu machen, dass ein sechsjähriger Junge kein beliebig formbarer Lehmklumpen war und dass er schlicht und einfach nur Kind sein sollte. Doch immer wieder stieß sie sich an Viktors unnachgiebigem Willen und seinem Sturrsinn, vermochte nicht, ihn davon abzuhalten, den Jungen immer häufiger seiner eisigen Gegenwart auszusetzen und kam bald zu einem Punkt, an dem sie aufgeben musste. Sie wusste nur zu gut, dass Viktor ihr anmaßendes Verhalten nicht dulden würde.

Trotzdem sich der Junge alle erdenkliche Mühe gab, Viktors Ansprüchen gerecht zu werden und trotz aller Anstrengungen war Unzufriedenheit, Zorn und Enttäuschung das einzige, was Viktor äußerte. Er war verständnislos, ungeduldig und streng. In seinem Zorn sperrte er ihn stundenlang ein, bestrafte ihn für seine Disziplinlosigkeit, seinen schwachen Charakter und für seine naive Kindlichkeit, die er nicht dulden konnte. Er durfte nicht wie Viktor und Justina – und die Tschetschenin – im großen Esszimmer essen. Sein Platz war in der Küche, wo er alleine aß. Er hatte in aller Frühe aufzustehen und bis spät abends zu lernen und zu gehorchen. Sein Zimmer war klein, dunkel und kalt. Er schlief in einem unbequemen Stahlgitterbett und unter einer dünnen Decke. Sein Geburtstag wurde nicht gefeiert und auch an Weihnachten behandelte ihn Viktor nicht anders, als an jedem anderen Tag. Selbstverständlich hatte er auch noch nie etwas wie ein Geschenk bekommen. Und selbstverständlich gab es nichts, was ihm gehörte, was er sein eigen hätte nennen können. Nicht einmal ein Fahrrad hatte er, oder Malstifte, oder Bauklötze. Darauf legte Viktor viel Wert. Ebenso wie auf Bildung. Hierfür scheute er weder Mühen noch Kosten und ließ den Jungen streng und teuer unterrichten. Und das weit über dem oberflächlichen Niveau der öffentlichen Schulen. Deren Bildungsstand hatte der Junge bereits im Alter von zwölf Jahren weit übertroffen.

Natürlich hatte er keinen Namen. Darauf bestand Viktor. Meist wurde er nur Junge genannt, in seltenen Fällen auch Sohn. Nichts desto trotz hatte Justina ihn während Viktors Geschäftsreisen heimlich Eugen genannt. Ein Kind brauchte doch einen Namen, hatte sie sich gesagt.

Natürlich kam Viktor dahinter. Und er tobte. Er schrie Justina an, packte sie grob am Arm und zerrte sie in das Zimmer des Jungen. Justina weinte, flehte Viktor an, er solle doch den Jungen in Ruhe lassen, solle ihn doch einfach in Ruhe lassen. Doch er ließ sie nicht los, sondern schlug ihr vor den Augen des Jungen seine flache Hand in ihr hübsches Gesicht.

„Siehst du?", hatte er den Jungen angeschrien und ihm dabei mit der Hand brutal Justinas von Tränen überströmtes Gesicht zugewandt.

„Siehst du, was du deiner Mutter antust?"
Einen Moment blieb er so vor dem mit weit aufgerissenen Augen dasitzenden Jungen stehen und blickte ihn wütend an. Dann legte er Justina schützend seinen anderen Arm um die Schulter, strich ihr sanft die wirren Haare aus dem Gesicht und zog sie an sich. Ohne den Blick von dem Jungen abzuwenden und ohne zuzulassen, dass Justina sich gegen seine falsche Geste der Zuneigung wehrte, hatte er mit ihr das Zimmer verlassen.

Viktor verstand es, sich Menschen zum Werkzeug zu machen, auch wenn es rohe Gewalt erforderte. Er war sicher, dass das dem Jungen eine klare Antwort gegeben hatte auf seine offensichtliche Disziplinlosigkeit in Justinas Gegenwart.

Und er hatte Erfolg. Der Junge begann sich in sich zurückzuziehen und sich von den Menschen seiner

Umgebung weitestgehend fernzuhalten. Er war verstört, verstand Viktors Launen nicht und fürchtete erneute Wutausbrüche wie diese. Er fühlte sich in der Tat schuldig, war überzeugt, seiner Mutter eine Last zu sein und mied jeglichen Kontakt. Er war selbst für Justina, seine Mutter, die ihn liebte, unerreichbar.

Doch all das war erträglich, war annehmbar im Vergleich zum Schachspiel. Viktor spielte seit Jahren Schach, kannte die Raffinessen und Strategien und war ein berechnender Spieler, der Zug um Zug seines Sieges sicherer wurden. Seinem Sohn hatte er nur grob die Regeln erklärt und ihn auf die Zugmöglichkeiten der einzelnen Figuren hingewiesen. An seiner Erfahrung und seinem Wissen über die Besonderheiten, die Ausnahmeregelungen und die Schwächen der Figuren ließ er ihn allerdings nicht teilhaben. Grundsätzlich half er dem Jungen nicht. Nein, er würde es ihm nicht so leicht machen. Er sollte sich im Schachspiel tagtäglich neu beweisen, sollte zeigen, dass er dazu lernte, dass er das Spiel durchschaute und dass er an sich arbeitete.

Der Junge hasste es, dieses Ritual der Demütigung, das ihm nichts als Hohn und Spott von seinem Vater einbrachte. Er war überfordert, kannte kaum die Regeln, konnte Viktors Züge nicht nachvollziehen und sich schon gar nicht in seinen Vater, seinen Gegner, hineinversetzen. Viktor dagegen schien schon im Voraus zu wissen, was sein Gegenüber tun würde, kannte nicht nur die eigenen Zugmöglichkeiten und Chancen, sondern gleichzeitig auch die seines Sohnes. Er überblickte die gesamte Partie wie ein Gott, sah, wofür der unerfahrene Junge noch blind war und warf ihm jeden seiner Fehler vor. Jeden. Und das nicht etwa, indem er ihn tadelte, nicht, indem er ihn verbesserte. Helfen würde er ihm mit Sicherheit nicht. Stattdessen sperrte er ihn stundenlang ein.

„Geh weg! Ich kann dich nicht mehr sehen!", hatte er ihn jedes Mal angeschrien.

„Denk darüber nach, warum du verloren hast!"

Unterstrichen wurde die unüberwindbare Autorität Viktors durch seine Eigenschaft, alles, was er sagte, in einem anherrschenden Ton und übertriebener Lautstärke beinahe zu brüllen. Lange hatte der Junge geglaubt, es wäre eines von Viktors Mitteln, ihn zu drangsalieren. Er fürchtete diesen Ton und sah darin nur Anlass, sich noch schlechter und wertloser fühlen zu müssen.

Justina war es, die diesem Glauben ein Ende setzte.

„Weiß du, er tut das nicht bewusst, er weiß das gar nicht.", hatte sie gesagt.

„Das ist nur die lästige Folge einer Ohrfeige seines Vaters. Seither ist er schwerhörig."

Verschwörerisch hatte sie ihren Zeigefinger auf die Lippen gepresst und seit langem ihren Sohn wieder einmal lächeln sehen.

Es war dem kleinen Jungen ein Geschenk zu wissen, dass sein Tyrann eine solch dumme Schwäche hatte. Es machte seinen Vater, der stets so unerreicht perfekt war und der es liebte, ihm seine Fehler zum Vorwurf zu machen, zu einem lächerlichen Opfer einer noch lächerlicheren Ohrfeige. Albern war es, sein unnötiges Brüllen. Das freute den Jungen unheimlich.

Einmal, kurz vor Weihnachten, passierte es, dass der Junge beinahe eine Partie Schach gegen Viktor gewonnen hätte. Mit der aufgezwungenen Auseinandersetzung mit den Spiel war er sicherer geworden im Umgang mit den einzelnen Figuren, kannte ihre Stärken und Schwächen und hatte den ein oder anderen klugen Spielzug getan. Selbstverständlich war Viktor nicht zufrieden mit ihm und hatte seinen Sieg nicht ein einziges Mal aus den Augen verloren, doch nachdem er den Jungen schachmatt gesetzt hatte, sagte er kurz und kühl:

„Gut, Junge."

Nie zuvor hatte er das gesagt.

Ein paar Tage später dann, an Neujahr, überreichte ihm sein Vater sogar ein Geschenk.

„Du hast dich verbessert. Nimm das.", hatte er gesagt.

Das war das erste Mal, dass er etwas bekommen hatte, etwas besitzen durfte, etwas sein eigen nennen konnte. Und das an Weihnachten. Zwar war sein Geschenk nicht eingepackt, nicht liebevoll mit Sternchen beklebt und es trug auch keine bunte Schleife, aber dennoch war der Junge überwältigt. Nie zuvor hatte er etwas geschenkt bekommen. Von niemandem. Und nun war es kein geringerer als sein strenger Vater, der ihm eine Freude machte. Er freute sich unheimlich.

„Danke Vater", hatte er strahlend gesagt und ihm aufrichtig in die Augen gesehen.

Ein kleines Buch war es, was er da in die Hände gelegt bekommen hatte. Grau eingebunden und mit strahlend weißen Seiten besetzt. Hungrigen Seiten. Denn sie waren alle leer.

„Bedanke dich nicht. Nutze es.", erwiderte Viktor kühl.

„Hierin wirst du in Zukunft alles aufschreiben. Jeden deiner Fehler, jede deiner Unachtsamkeit und jede Dummheit, die du begehen wirst. Ohne Zweifel werden das nicht wenige sein, also arbeite an dir, damit du bald weniger zu schreiben hast. Du wirst aus deinen Fehlern lernen. Du wirst sie in deinem Bewusstsein verankern, sodass du sie nicht wieder begehst. Du wirst alles aufschreiben, hast du gehört? Und du wirst sie auswendig lernen, deine Schwächen und Dummheiten. Jede einzelne."

Der Junge sackte in sich zusammen. Was war das nur, was seinen Vater ihn so verabscheuen ließ? Er war verzweifelt. Und es schmerzte. Es schmerzte ganz fürchterlich. Er hatte geglaubt, sein Vater würde ihm eine Freude machen wollen, weil er ihn vielleicht einmal Lächeln sehen wollte, weil er ihn vielleicht doch ein bisschen gern hatte und weil er doch sein Sohn war. Und nun? Nun entpuppte sich diese Hoffnung zu nichts als einer Geste der Überlegenheit. Der

Respektlosigkeit. Der Verachtung. Nur, um seiner Unzufriedenheit noch deutlicher Ausdruck zu verleihen. Gedemütigt war er. Verletzt und unendlich traurig.

Es dauerte nicht lange, bis der Junge dieses Buch aus tiefstem Herzen zu hassen begann. Einerseits war es das einzige, was sein eigen war, was selbst Viktor als das Eigentum seines Sohnes ansah, doch andererseits brachte es ihn beinahe um. Denn Viktor hatte nicht übertrieben und ließ den Jungen seitenweise schreiben. Er diktierte ihm, wofür er sich zu schämen hatte, was ihn zu einem minderwertigen Nichts machte und warum er nicht war, was er sein sollte. Seitenweise diktierte er ihm seine eigene Wertlosigkeit. Und er musste sie auswendig lernen und sie ihm aufsagen.

*„Trotz jahrelangen Bemühungen meines Vaters fehlt es mir an Stärke, Ehrgeiz und Mut. Mein Vater hat Recht. Ich habe keinen Namen verdient. Ich bin undiszipliniert, träge und schwach."*

Das war die Einleitung.

*„Ich bin dem Schachspiel nicht gewachsen. 'Springer am Rand bringt Kummer und Schand'" Der Bauer darf nicht zurück und er schlägt nicht, wie er zieht."*

Seitenweise zog sich das so hin. Seitenweise. Und nicht nur in Bezug auf das verhasste Schachspiel, sondern als roter Faden durch seinen gesamten Tag.

Jahrelang hatte dieses Buch ihn begleitet. Hunderte von Seiten hatte er beschrieben und bereits mehrere

Bücher gefüllt. Viktor diktierte mittlerweile nicht mehr, er schrieb jeden Tag selbst. Jeden verfluchten Tag.

Viktor kontrollierte ihn hin und wieder. Er las, was er aufgeschrieben hatte, vergewisserte sich, dass sein Sohn sich selbst in jeder seiner Handlung kritisch, aufs Äußerste kritisch beobachtete und dass er an sich arbeitet. Auch mit den unbedeutendsten Kleinigkeiten sollte er nicht nachlässig werden. Disziplin war es, was er ihm beibrachte. Überlebensnotwendige Disziplin und Selbstkritik. Viktor war zufrieden mit sich.

Ein einziges mal, im Alter von sechzehn Jahren verließ ihn diese Disziplin, die dafür sorgte, dass er schreib. Er träumte vor sich hin, statt die Seiten zu füllen, die Viktor früher oder später kontrollieren würde. Unbewusst spielte er mit seinem Bleistift. Dabei heraus kam eine kleine, schmierige Zeichnung, die an einen Vogel erinnerte. Offensichtlich tot. Geschrieben hatte er kaum etwas, ein paar unvollständige Sätze, halbherzige Worte, über die er nicht nachgedacht hatte. Und für gewöhnlich tat er dies durchaus, denn Viktor hätte ihn vermutlich irgendwann vor Wut einfach erschlagen, hätte er es nicht getan. Selbstschutz war es, der ihn schreiben ließ. Mehr nicht.

Schon wenig später verfluchte er sich für seine Dummheit, denn selbstverständlich hatte Viktor sein Geschmier und sein Gestammel gesehen, ehe er es hätte herausreißen können. Viktor war empört darüber, wie respektlos ihm sein Sohn gegenübertrat und wie wenig Achtung er vor seinem Vater hatte. Dass er gemalt hatte, anstatt sich mit dem auseinander zu setzten, was wirklich von Bedeutung war, bestätigte nur Viktors Kritik an ihm. Verachtenswerte, kindliche Dummheit.

Mit einer schallenden Ohrfeige und der Nacht sowie dem folgenden Tag eingesperrt in einen dunklen, fensterlosen Raum im Keller, ließ er den Jungen spüren, wie enttäuscht er war. Er hatte ihm eine kleine Taschenlampe und einen Bleistift mitgegeben.

„Du wirst viel zu tun haben.", hatte er wütend gesagt, als er die Tür abschloss.

Viktor sagte kein Wort, als er sie am nächsten Abend wieder öffnete, blätterte das Buch durch und überflog die Seiten. Nun gut. Er hatte geschrieben. Zumindest das.

Am selben Abend noch spielten sie Schach. Und nicht nur wie üblich eine oder zwei Partien, sondern bis in alle Nacht hinein und ein Spiel nach dem anderen. Der Junge war müde, hatte kaum, und wenn doch dann schlecht, geschlafen auf dem harten Boden, war hungrig und sehnte sich nach seinem Bett. Doch Viktor ließ nicht von ihm ab. Wütend saß er ihm gegenüber und stierte ihn aus Zorn erfüllten Augen an, wie er da erbärmlich träge und unkonzentriert vor dem Brett kauerte und vergeblich versuchte, das Spiel zu überblicken. Stunden vergingen, während sich der Junge durch diesen ungleichen Krieg quälte. Die Augen wollten nicht mehr hinschauen und die Gedanken nicht mehr mitspielen.

Zunächst hatte Viktor kein Wort von sich gegeben, doch nach der fünften Partie sagte er:

„Du solltest dich anstrengen. Ich weiß nämlich nicht, wie lange ich mich noch werde beherrschen können, wenn ich dich so ansehe. So dumm. So naiv. So lächerlich. Noch dieselbe Enttäuschung wie vor siebzehn Jahren bist du. Und ich weiß nicht, wie lange ich dich als solche noch werde dulden können."

„Ja Vater", sagte er leise.

Nervös blickte er übers Brett. Diese Worte waren mehr als ernst gemeint, das wusste er. Er wollte sich gar nicht ausmalen, was diese Nacht noch bringen würde.

Doch weitere drei Stunden gingen im Schweigen unter. Es war bereits zwanzig nach drei. Viktor saß unverändert und aufrecht auf seinem Platz. Konzentriert und berechnend, hellwach. Der Junge dagegen vermochte nicht mehr zu denken. Er war trotz der drohenden Worte seines Vaters erschöpft und die aussichten auf eine Partie, die er gewinnen könnte, schwanden mit jeder Minute, mit jedem Zug. Mut- und kraftlos arbeitete er sich in Richtung der schwarzen Figuren Viktors, doch ohne Erfolg. Während er verzweifelt überlegte und stets die Folgen so gut wie möglich abzuschätzen versuchte, bevor er eine Figur rückte, zog Viktor ohne seine Chancen und Möglichkeiten genauer bedenken zu müssen. Er war sich seines Könnens ebenso sicher, wie er sicher war, dass sein Sohn ihn niemals schlagen würde. Er durchschaute ihn gänzlich. Jeden seiner dummen Gedanken. Für Viktor war es lediglich ein Spiel. Für seinen Sohn dagegen ein Krieg.

Er wusste nicht, wie viele Partien sie schon gespielt hatten, wie oft er schon verloren hatte und wie lange es noch dauern würde, bis Viktor seinen Revolver zog und ihn einfach erschoss.

Lange, wie sich zeigen sollte.

Die Sonne begann bereits sich in die Welt zu drängen, als Viktor sich nach einer vollendeten Partie, die Arme vor der Brust verschränkend zurücklehnte und in einem tiefen Atemzug scheinbar alles an Luft ein sog, was er kriegen konnte. Er blickte seinem Sohn, der müde den Blick von seinen Figuren erhob, ernst und kalt in die Augen. Kurze Zeit herrschte Schweigen.

„Nun denn. Du hast jedes Spiel verloren. Jedes. Was glaubst du, was mir das sagt?"

„Ich weiß nicht, Vater"

„Ja. Du weißt nicht. Natürlich weißt du nicht. Wie du auch sonst nichts von dem weißt, was ich seit Jahre, versuche in dich hinein zu prügeln."

Viktor sprach mit überraschend ruhiger Stimme. Der Junge senkte den Blick. Er wusste, dass Viktor einen Entschluss gefasst hatte.

„Von nun an werden andere das tun", sagte Viktor, noch immer die Arme über der Brust verschränkt und als ob er die Gedanken des Jungen gelesen hätte.

„Ein schlechter Soldat wirst du sein, ohne Zweifel. Doch sag mir, wo lernt man besser Gehorsam, Disziplin und Respekt, wo, wenn nicht in die Armee?"

Fragend blickte er den Jungen an.

„Sag, Junge, weißt du einen Ort, an dem man das besser lernen könnte?", wiederholte er, wütend, aber beherrscht.

„Nein Vater.", sagte er gequält. Er war verloren.

„Dann sind wir uns ja einig."

Mit diesen Worten schien der Zorn aus seinen Augen zu weichen. Zufrieden, dennoch aber auf ungewohnte Weise kraftlos wirkend stand Viktor auf und schlurfte ohne sich noch einmal seinem Sohn zuzuwenden und gesenkten Kopfes aus dem Raum. Er ging langsam die steinerne Treppe hinauf. Er fühlte sich alt.

Viktor drehte den Hahn im Badezimmer auf und spritzte sich mit den Händen kaltes Wasser ins Gesicht. Sein abgekämpftes Spiegelbild blickte ihm entgegen. Das Wasser lief weiter. Es rauschte in monotoner Gleichgültigkeit. Er hatte also versagt. Er war an genau dem Punkt angekommen, den er nie hatte erreichen wollen. Nämlich seinen Sohn fortschicken zu müssen, weil er als Vater unfähig war. Weil er es nicht geschafft hatte, ihn auf die Beine zu stellen. Ja, er schämte sich. Und konnte nicht anders, als zu weinen. Das Wasser lief ungerührt weiter. Wie er ihn dafür hasste, diesen Sohn.

## Kapitel 8

Februar 1989, Tschetschenien.

Der Junge sollte nun also in der Armee dienen. Noch in der selben Woche hatte er seine wenigen Sachen zu packen, nachdem Viktor am Morgen nach dem Schachspiel verschwunden war. Er war verreist, wie er sagte. Die Geschäfte würden rufen. Er hatte sich nicht verabschiedet.

Justina dagegen war erschüttert. Sie wollte ihren Sohn nicht in der Armee verkümmern sehen, wollte ihm Mutter sein, wie sie es die ganze Zeit über schon wollte. Doch was hätte sie gegen Viktor schon ausrichten können. Oft genug waren sie im Streit aneinander geraten und oft genug hatte Viktor ihr gezeigt, dass er kein Wert auf ihr Einverständnis legte, wenn es um seinen Sohn ging. Sie konnte nur zusehen.

Selbstverständlich hatte Viktor auch in den Kreisen der Roten Armee seine Kontakte und hatte dafür gesorgt, dass sein Sohn möglichst weit nördlich und möglichst weit von Moskau entfernt stationiert wurde. Letztendlich trennten ihn über dreitausend Kilometer von Zuhause. In der kältesten Gegend Russlands sollte nun also sein Leben einen neuen Sinn bekommen.

Viktor hatte ganze Arbeit geleistet. Und nicht nur das. Er hatte auch dafür gesorgt, dass sein Sohn nicht wie alle anderen Soldaten behandelt wurde. Im Gegenteil. Von Viktor überaus gut bezahlte Männer aus allen Schichten der Kaserne kümmerten sich eifrig darum, dass der Junge am äußersten, schmutzigsten Rand der

Stationierung lebte und arbeite. Grundsätzlich hatte er nichts zu sagen und hatte sich den Befehlen seiner Vorgesetzten zu unterwerfen. Sich gegen die zahllosen Ungerechtigkeiten zu wehren wäre zwecklos gewesen. Und hätte vermutlich auch seinen Tod bedeutet. Zu gut wusste er, wie er diesen Männern, und vor allem Viktors Einfluss auf sie, ausgeliefert war. Neu und rechtlos war er. Und eine nette Gelegenheit, jemanden treten zu können und auch noch Geld dafür zu bekommen. Doch noch viel mehr als das war er ein sechzehnjähriger Junge, der dem allem nicht gewachsen war. Er wusste ja nicht, was auf ihn zukommen würde, wusste nicht, was von ihm verlangt werden würde und er wusste auch nicht, wie elend das Leben eines Soldaten sein konnte.

Die Zeit bei der Armee war also keineswegs erträglicher als die in Moskau. Sie war die schlimmste, die er bisher kennen gelernt hatte.

Er lebte in der Kaserne zwischen all den nach Schweiß und Dreck stinkenden Männern, eingepfercht in eine muffige, kalte Halle. Sein ohnehin schon dürres Bett war kurz nach seiner Ankunft scheppernd zusammengebrochen. Ein neues bekam er nicht, er schlief auf seiner Matratze auf dem Betonboden, der die Kälte in seine Glieder kriechen ließ. Jeden Morgen hatte er vor allen anderen um acht Minuten nach vier aufzustehen, um die Latrinen zu reinigen. Zunächst machte ihm das angesichts der Kälte der Nacht und des harten Bodens unter seiner dünnen Schaumstoffmatratze recht wenig aus. Er schlief ohnehin kaum. Doch mit der Zeit gingen Schlafentzug und Kälte dem Jungen an die Substanz und er wusste bald nicht mehr, wie er seine Beine dazu überreden sollte, aufzustehen. Letztendlich war dies jedoch lediglich eine Frage der Zeit, denn jedes zu spät kommen wurde bestraft, was ihm letztendlich noch mehr Schlaf geraubt hätte.

Zudem brachte ihm seine morgendliche Pflicht den Ärger der anderen Männer ein, die geweckt wurden, wenn er sich nicht vorsah und leise war. Ärger war gar kein Ausdruck. Einmal hatte er in der Dunkelheit einen der Kessel umgestoßen, die das von der Decke tropfende Regenwasser auffingen. Natürlich war er randvoll und ergoss sein Wasser mit den darauf schwimmenden Zigarettenstummeln durch den Gang des Schlafraums. Selbst wenn einige nicht vom Lärm des Blechkessels wach wurden, so doch zumindest von dem wütenden Fluchen der geweckten Männer. Verzweifelt machte sich der Junge mit einem viel zu kleinen, löchrigen Lappen daran, das Wasser wieder aufzuwischen. Weitestgehend erfolglos und nur noch mehr Beschimpfungen erntend. Unbeholfen versuchte er, der Lage einigermaßen Herr zu werden und sich möglichst schnell davon machen zu können, doch bevor er auch nur die Hälfte des Wassers aufgewischt hatte, war einer der Männer in seiner Wut aufgestanden, hatte ihn am Schopf gepackt und ihn laut fluchend in die dunkle Kälte des viel zu frühen Morgens gezerrt. Nein, geworfen hatte er ihn, denn er lag mitten im aufgeweichten Dreck, den tags zuvor hunderte von Stiefelpaaren zu einem breiigen Schlamm getreten hatten. Der Regen ließ sich unbeirrt auf ihn niederfallen und durchnässte ihn innerhalb weniger Augenblicke gänzlich. Er war schlammverschmiert, um neun Minuten verspätet, hatte den Schlafraum geflutete und seine Insassen verärgert. Unzählige Stunden des Wa-

105

chehaltens brachte ihm das ein. Und nicht nur, dass ihn seine Bestrafung auch noch den letzten Schlaf kostete, er durfte auch nicht wie die anderen Soldaten am Wochenende nach Hause fahren. Diese Gelegenheiten waren ohnehin schon überaus selten, da es einfach nicht möglich war, durch ganz Russland zu reisen, um nach Hause zu kommen. Doch dieses Mal hätte auch er gehen können. Zum ersten Mal nach fast einem dreiviertel Jahr, dass er nun hier war, in dieser Hölle, hätte er nach Hause fahren können. Nicht, dass er sich darüber gefreut hätte, Viktor, oder auch nur Justina, wieder zu sehen. Aber ein Bett und eine vernünftige Malzeit hätten ihm gut getan. Doch nun hatte er Wache zu halten. Und allmählich keimte in ihm die böse, aber doch naheliegende Vermutung, dass er ebenso wenig nach Hause gefahren wäre, hätte er den Kessel nicht umgeschmissen und hätte er nicht seine Strafe abarbeiten müssen. Er war sich beinahe sicher, dass Viktor ohnehin dafür gesorgt hätte, dass er aus irgendwelchen Gründen nicht nach Moskau hätte kommen können. Immerhin würde Viktor nicht viel daran liegen, ihn schon nach so kurzer Zeit wieder bei sich zu sehen. Ja, dachte er, Viktor konnte ihn so lange hier halten, wie er nur wollte und er selbst war dagegen vollkommen machtlos. Dieser Gedanke machte ihm Sorgen. Was, wenn er für immer würde hier bleiben müssen? Was, wenn Viktor gerne zusah, wie er hier im Dreck litt und fror und drangsaliert wurde? Das schien ihm nicht unwahrscheinlich. Ja, ausgeliefert war er. Wenn Viktor es so wollte, würde er hier drin immer ein niemand und ein nichts bleiben. Nie wieder würde er hier rauskommen, sondern irgendwo in einem kalten Loch elendig verrecken. Und niemanden würde es kümmern.

Er hielt also Wache. Drei Tage lang. Nachts wurde er für fünf Stunden abgelöst, die er dann allein in dem unbeheizten Schlafraum verbrachte und versuchte, sich auszuruhen. Zwar war es noch nicht Winter, doch die Temperaturen sanken nachts bereits unter den Nullpunkt. Erbärmlich kalt war es. Im Grunde fror er ununterbrochen, denn mit Regen und Wind in den nassen Kleidern draußen vor den Gebäuden zu stehen unterschied sich kaum von der Kälte des Fußbodens. Nur zehn Zentimeter Schaumstoff trennten ihn vom Beton. Hätte er jedoch in eine, der freien Betten schlafen wollen, hätten sie ihm vermutlich auch die Matratze genommen und ihn in den Dreck des Bodens liegen lassen. Oder schlimmeres. Denn sie waren durchaus kreativ, diese ansonsten ohne Zweifel dummen, ungebildeten Männer.

Den körperlichen Strapazen des Wachens und der rauen Witterung konnte sein zwar gesunder, aber durch Schlafentzug und einseitige Ernährung geschwächter Körper nicht standhalten. Nach ein paar Tagen, als die heimgereisten Männer bereits wieder zurück waren, nistete sich die Lungenentzündung in ihm ein. Er hatte mit hohem Fieber zu kämpfen und wurde letztendlich, als er beim Lauf über den Hof zusammenbrach und auch mit mehreren Fußtritten nicht wieder auf die Beine zu stellen war, der Sanitätskompanie überlassen. Hier bekam er sogar ein richtiges Bett zugewiesen und jeden Tag eine warme Mahlzeit. Doch weder das eine noch das andere vermochte es, den Jungen genesen zu lassen. Sein Zustand wurde von Tag zu Tag schlechter. Erst, als das Fieberthermometer zweiundvierzig Grad Körpertemperatur anzeigte und er nicht mehr ununterbrochen hustete und Blut spuckte, sondern stattdessen immer häufiger das Bewusstsein verlor, wurde sein Zustand ernst genommen. Man sah ein, dass Suppe und Bett nicht ausreichten, um ihn überleben zu lassen. Mehr als eine Woche war also vergangen, bis die Zuständigen Sanitäter angemessene Maßnahmen ergriffen und ihm Antibiotikum verabreichten.

Nur schleppend stabilisierte sich sein Gesundheitszustand. Beinahe drei Wochen hatte er im Krankenflügel verbracht. Dass dies viel zu kurz war, um sich von einer lebensbedrohlichen Lungenentzündung zu erholen, dürfte offensichtlich gewesen sein. Doch es wurde keine weitere Rücksicht auf seinen geschwächten Körper genommen und er schlief noch immer auf dem kalten Betonboden. Auch seine Arbeiten waren dieselben, wie seit eh und je. Ja, er hatte durchaus gehofft, dass er sich zumindest für einige Zeit würde schonen können, doch dem war nicht so. Offensichtlich war er es nicht wert, sich so viele Gedanken zu machen.

Also reinigte er weiterhin Panzerketten und Geschütze, putzte die stinkenden, verdreckten Latrinen und hielt Wache. Ja, Drecksarbeiten waren das ohne Zweifel. Alle anderen Männer hatten ihre Aufgaben, hatten zu üben und zu funktionieren, wenn sie gebraucht würden. Nur er verbrachte die meiste Zeit mit solchem Schund. Und das selbstverständlich draußen. Denn im Grunde war alles Drecksarbeit, was draußen stattfand. Doch seine Arbeiten waren nicht nur Dreck, sondern vor allem Erniedrigungen.

Und das drei Jahre lang. Drei Jahre, in denen er Russlands Kälte ausgeliefert war, nicht annähernd ausreichend schlief, nichts ordentliches zu Essen bekam, nächtelang Wache hielt, Panzerketten und Latrinen reinigte, schikaniert, drangsaliert, bespuckt, beschimpft, verprügelt und gedemütigt wurde. Ohne ein einziges Mal nach Hause fahren zu dürfen. Wie er geahnt hatte, gab es stets einen Grund, weswegen er bleiben musste, weswegen es ihm verboten wurde, auch nur für zwei Tage ein ordentliches, warmes Haus, eine gekochte Mahlzeit und ein Bett genießen zu dürfen.

Die Zeit bei der Armee machte aus ihm etwas wie ein Geist. Er war mehr Schatten als Mensch, mehr Funktion als Wille, mehr Mechanismus als Handeln. Er hatte sich damit abgefunden, dass er nichts tun konnte, als sich anzupassen und dass ihm kein anderer Weg blieb, als sich einzufügen in die täglichen Ungerechtigkeiten. Er unterschied bald schon nicht einmal mehr zwischen Recht und Unrecht. Er hatte es aufgegeben. Es führte zu nichts als der Erkenntnis, Opfer zu sein. Und das war eine unabänderliche Tatsache. Und über unabänderliche Tatsachen nachzudenken war sinn- und zwecklos.

So zensierte er gedanklich seinen Alltag, sein Leben, bis er es ertragen konnte. Es gab Dinge, die ihn erfüllten und denen er Raum gewährte. Wie beispielsweise die Frage, ob er sein Brot in fünf oder zwei Stücke teilen sollte. Viel mehr aber gab es solche Dinge, die er ihrer Unabänderlichkeit wegen einfach nicht mehr beachtete ließ. Seine Existenz in diesem Haufen von Dreck beispielsweise. Vielleicht hätte man es einen stillen Optimismus nennen können, was da in ihm heranwuchs. Wenngleich dies auch das letzte war, was dieser Mann ausstrahlte. Viel mehr hingegen war er schlicht und einfach eine kalte, unberührte Maschine.

~

Nach diesen drei Jahren wurde er schließlich in den Krieg geschickt. Natürlich auf Viktors Befehl hin. Er hatte schon seit längerem Kontakt zu Oberst Dariusz Genia Darotta, der für eine kleine Summe bereit war, seinen Einfluss im Militär geltend zu machen und den jungen Sohn Viktors in den Krieg stecken zu lassen. Ein Kinderspiel.

Die Ausbildung des Jungens war gerade gut genug, um ein Gewehr zu laden und auf Zielscheiben zu schießen, doch im Krieg würde der nun neunzehnjährige sich wohl kaum behaupten können. Kanonenfutter war er, hätte man meinen können. Doch dem war nicht so.

Zunächst war er wie jeder andere Kriegsneuling völlig orientierungslos und mit den Strapazen und den widrigen Umständen des meist kalten Tschetscheniens gänzlich überfordert und bald auch am Rande aller Kräfte. Er fragte sich seit Tagen, warum er nicht schon einfach tot umgefallen war und wünschte sich eben dies so manches Mal. Er wusste nicht, wie er die nächste Stunde überleben sollte, wusste nicht, was ihn erwarten würde, wie es sein würde, auf Menschen zu schießen und er wusste auch nicht, wie ein aus der Schädeldecke quellendes Gehirn aussah. Oder ein Mann, der mit nur noch einem Arm am Leib auf dem Boden liegend Blut aus den drei Stummeln seiner

zersprengten Gliedmaßen spritzte. Er kümmerte langsam vor sich hin, war eingeschüchtert und wusste sich
nicht zu helfen. Nein, er würde sich wohl niemals mit
seinem Platz in diesem Krieg abfinden können. Er
würde hier verrecken und niemanden würde es kümmern.

Er irrte sich.

Er würde in diesem Krieg nicht sterben. Ja nicht einmal dem Wahnsinn verfallen würde er. Nein. Denn als
er als einer von fünfzehn Männern zur Erkundung der
Umgebung um ihr Lager ausgeschickt wurde und als
alle der fünfzehn außer einem, ihm selbst, von einem
Trupp tschetschenischer Soldaten überrannt worden
waren, änderte sich alles.

Er hatte an einem kümmerlichen Baum im Dreck gekauert, hatte vor Angst leise gewimmert und als die
vier überlebenden Tschetschenen unter lallendem
Gelächter auf ihn zukamen hatte er sich schon längst
damit abgefunden, dass nun das Ende gekommen war.
Sie schienen sich zu amüsieren, diese vier bewaffneten
Männer, schienen sich über diesen jämmerlichen russischen Soldaten zu ihren Füßen lustig zu machen und
traten ihn, nein, stupsten ihn vielmehr belustigt und
neugierig mit ihren gewaltigen Stiefeln. Wie einen
halb toten Hund, der einen zuvor noch angeknurrt
hatte. Allmählich begann er zu begreifen, dass diese
Männer tatsächlich angetrunken waren. Der Alkohol
musste sich offensichtlich seinen Weg in ihr Lager
gesucht haben. Verkommenes Pack, dachte er.
Kurze Zeit später spürte er einen tobenden Schmerz in
seiner Schulter. Er schrie auf, packte instinktiv den

aus seinem Fleisch ragenden Stahl und riss ihn aus der blutenden Wunde. Und mit ihm alle Angst. Das Bajonett des Tschetschenen in den Händen haltend und schwer atmend blieb er noch einen Augenblick verwundert sein eigenes Blut auf dem Stahl betrachtend im Dreck liegen, sprang dann jedoch unerwartete schnell und unter lautem Brüllen auf. Instinktiv stürmte er in seine Feinde und noch ehe die Tschetschenen wussten, was geschah, gingen zwei von ihnen zu Boden. Und trotzdem sie ihm in ihre Anzahl und ihrer Bewaffnung gänzlich überlegen gewesen wären, dauerte es nur wenige Sekunden bis er jeden einzelnen von ihnen zu Strecke gebracht hatte.

Er atmete schwer, spürte nun wieder den stechenden Schmerz in seiner Schulter und seine Beine drohten unter ihm nachzugeben. Er war erschöpft und mit seinen Kräften am Ende. Doch innerlich bebte er. Er wusste, dass dies nur der Anfang war. Erschöpft nahm er die vier Dienstabzeichen der toten Tschetschenen an sich und schleppte sich schließlich unter immer stärker werdenden Schmerzen zurück ins Lager, das Bajonett noch immer in den Händen haltend. Die Wachen um das Lager hatten ihn schon von weitem gesehen, wie er den Hügel hinauf gehumpelt kam, kaum fähig, sich auf den Beinen zu halten. Im Lager angekommen brach er schließlich zusammen, lag Arme und Beine von sich streckend und flach atmend im Dreck. Zwei Soldaten kamen langsam auf ihn zugeschritten.

„Sieh ihn dir das an" hörte er ihre Stimmen verzerrt näher kommen

„Da muss es Ärger gegeben haben. Und die feige Sau ist geflohen!"

Sie standen nun direkt vor ihm und sahen auf ihn hinab, jeder der beiden ein Gewehr im Arm, doch er war nicht mehr fähig, auch nur einen Finger zu rühren, geschweige denn zu sprechen. Nicht einmal die Augen konnte er offen halten.

„Was denkst du, was wir mit ihm machen sollen? Man wird es nicht gerne sehen, wenn dieser feige Hund ungestraft davon kommt"

Er war nahe der Bewusstlosigkeit.

„Genau, ein feiger Hund ist er. Verräterische Mistsau!"

Er spürte dennoch aber wie ihm mit einem schweren Stiefel in die Seite getreten wurde und ein kraftloses Röcheln drang aus ihm.

„Na warte du…"

Der Soldat holte erneut aus.

„Stopp! Warte mal n Augenblick. Sieh nur"

Der andere beugte sich zu ihm hinab und öffnete seine linke, Dreck- und blutverschmierte Hand.

„Das sind tschetschenische Abzeichen"

„Großer Gott du hast Recht!"

„Hilf mir, ihn zu tragen, komm schon, er muss versorgt werden!"

~

Fortan wurde er von den Soldaten und auch von seien Vorgesetzten als ein ganz anderer Mensch behandelt. Er wurde geachtet. Man wusste, wer er war und niemand wagte, ihn zu drangsalieren oder ihn zu beschimpfen. Es war nicht etwa eine besondere Stellung die er somit unter den Männern einnahm, aber dennoch mehr als die meisten anderen Kriegsneulinge erwarten konnten.

Nicht zuletzt war es auch seine mentale Einstellung, die mit diesem Erlebnis einer gravierenden Veränderung unterzogen wurde. Sein Überlebenswille, seine Bereitschaft sich einzusetzen und zu kämpfen wuchs stetig weiter heran und mündete letztendlich in Hass. Nein, er war nicht mehr der eingeschüchterte Junge, er war Soldat. Und er würde nicht sterben in diesem Krieg. Gewiss nicht.

An seiner Stelle starben dafür unzählige andere Männer. Nicht etwa durch den Feind getötet, nein, sie erlagen schlicht und einfach den Strapazen des Krieges. Sie waren der einseitigen Ernährung, der unerbittlichen Kälte und den körperlichen Anstrengungen einfach nicht gewachsen, bekamen die Lungenentzündung oder brachen einfach kraftlos zusammen. Nicht wenige konnten sich nicht erholen und starben in Tschetscheniens trostloser Landschaft einen einsamen Tod. Ihm selbst hingegen machte das alles nichts aus. Im Gegenteil. Schnee, Wind und Regen sowie Hunger,

Durst und Müdigkeit waren schon zuvor bei der russischen Armee sein Alltag gewesen und waren nun im Krieg nichts mehr, was ihm zu schaffen gemacht hätte. Um genau zu sein war das Essen hier draußen sogar beinahe besser als er es aus der Kaserne in Russland gewohnt war. So war er trotz seiner jungen Jahre körperlich weitaus belastbarer als die meisten anderen, was ihn zusammen mit seiner inneren Haltung gegenüber dem Krieg zu einem überaus fähigen und leistungsstarken Soldaten machte. Denn das Erlebnis mit den tschetschenischen Soldaten hatte ihn durch und durch geprägt. Er fürchtete ihn nicht mehr, den Krieg und die Tschetschenen schon gar nicht. Die anfängliche Verzweiflung und alle Angst waren einer überzeugten Entschlossenheit gewichen. Ja, er war Soldat. Durch und durch.

Und so fügte er sich ein in Krieg und Tod, lernte mit deren Bildern und Taten umzugehen und lernte vor allem auch, sie aus der nötigen Distanz zu betrachten und ihnen nicht mehr Bedeutung beizumessen, als es sich ein tötender und selbst vom Tod bedrohter Soldat erlauben konnte. Was hieraus resultierte war eine erschreckende Gleichgültigkeit, die sämtlicher Moral beraubt war. Denn völlig gleich, wie abstoßend und erschreckend Verletzte und Leichen auch aussehen mochten, es kümmerte ihn nicht. Wo andere Soldaten in Tränen ausbrachen, beim Anblick toter Kinder etwa, lief er einfach weiter. Und das nicht etwa, weil solch schreckliche Bilder zur Gewohnheit geworden wären, sonder weil er den Tod als etwas selbstverständliches zu begreifen begann, bei dem es keine Rolle spielte, ob man sauber, in einem mit weißen Laken bezogenen Bett einschlief und nicht mehr erwachte, oder ob man sein gesamtes Blut von sich gebend und kopflos im Dreck lag. Was machte es denn schon für einen Unterschied ob man an einen sauberen Schuss ins Herz starb oder ob man von einer Ladung Sprengstoff in drei Teile zerrissen wurde? Keinen, denn letztendlich starben sie alle denselben, nüchternen Tod. Lediglich Äußerlichkeiten waren das. Äußerlichkeiten ohne jegliche Bedeutung. Und nach dieser Überzeugung ging der junge Soldat auch mit seinen Feinden um, was so manchen anderen beinahe schon erschreckte, zumal er auch keine Unterschiede machte, wenn es um Frauen oder Kinder ging. Sie waren Tschetschenen. Und deshalb warf er ihnen eine Granate vor die Füße. Das allein war seine Aufgabe. Nichts anderes. Und er war froh, dass es so einfach war, dass er um seine Arbeit gut zu machen nicht mehr zu wissen brauchte, als wer Tschetschene war und wer nicht. Wo er anfangs, als eingeschüchterter Junge noch glaubte zusammenzubrechen, erreichten ihn nun solche Gedanken erst gar nicht. Nein, es hatte keinen Sinn, über das eigene Elend nachzudenken. Es führte zu nichts. Stattdessen konzentrierte er sich mit aller Anstrengung auf genau den Moment, dem er ins Auge blicken konnte, denn ein nächster Frühling, eine nächste Woche, ein Morgen war in der Allgegenwärtigkeit des Todes zu einem unbeschreiblich verfremdeten und abstrakten Gedanken geworden, kaum vorstellbar angesichts ihrer Lage. Und er war überzeugt, dass das auch auf ewig so bleiben würde, wenn man sich nicht jeden Augenblick, den man noch am Leben war, vollständig darauf konzentrierte, auch so weiterzuleben.

Und das tat er auch. Fünf Jahre lang, die ihn zu mehr als einem gewöhnlichen Soldaten machten. Einen

Soldaten, der aus Überzeugung handelte, der keine Gefühle außer einem unbändigen Hass gegenüber seien Feinden hatte und der seinen Gegnern voller Wut und Verachtung gegenübertrat. Er hatte unzählige Menschen getötet, hatte Dörfer niedergebrannt und hatte sich als zuverlässig, zäh und loyal bewiesen. Bald war er dann Leutnant, leitete erst kleinere Einsätze und trug später die Verantwortung für einen vierzig Mann umfassenden Infanteriezug.

Ja, in diesen Fünf Jahren des Krieges hatte er etwas erreicht. Er hatte seine Arbeit gut gemacht, war ein geachteter Mann und zum ersten Mal in seinem Leben wurde er für seine Taten gelobt. Er hatte den Respekt seiner Vorgesetzten und den seiner Untergebenen, wusste was er zu tun hatte und wusste auch, dass wenn er es tat, er es gut machte.

Sogar ein bisschen Stolz wuchs in ihm heran. Inständig hoffte er, auch seinen Vater bei seiner Heimkehr ein wenig stolz machen zu können. Dann wäre sein Leben zum ersten Mal tatsächlich gut gewesen.

Doch da war die schöne Tschetschenin.

~

*12. Oktober 1996*
*Jeder weiß, dass Viktor der Größte im Geschäft ist. In jedem Geschäft. Man kennt ihn.*
*Polizei, Politik, Presse, Sicherheitsdienste, Betriebe, Grenzschutz, Bordelle, Kunsthandel, Geheimdienste, Wohltätigkeitsveranstalter, Museen, Waffenhandel.*

*Die Liste scheint endlos. Es gibt kaum eine Sparte der Gesellschaft, der er seinen Namen nicht eingebrannt hat.*

*Er hat sich die Welt zum Spielplatz gemacht. Hat sich überall seine Türme und Schlösser gebaut von denen ihn ein jeder sehen kann. Er ist gegenwärtig. Existent. Und mittlerweile nicht mehr wegzudenken.*

*Ein erfolgreicher Mann, möchte man meinen.*

*Ein Kunstgriff, sich solch einen gewaltigen Namen zu verschaffen, möchte man meinen.*

*Perfekt?*

*Der perfekte Verbrecher?*

*Angenommen, es gäbe jemanden, der Viktor, den großen Viktor, sein Werkzeug nennt. Jemanden, der über dessen bedeutungsloses Dasein lächelt, so, wie er auch über das Dasein aller anderen lächelt. Der sie sich ausnahmslos alle zu primitiven Werkzeugen macht.*

*Und Viktor, der große Viktor, weiß es nich. Sowenig, wie es alle anderen wissen. Er glaubt, der einzige zu sein. Glaubt, der mächtigste und reichste zu sein von allen. Und lässt dies die ganze Welt wissen.*

*Und die ganze Welt weiß es. Und glaubt es.*

*Und sollte es ihr nun in den Sinn kommen, sich gegen den, den sie für den größten unter sich hält, aufzulehnen, ihn Opfer eines Anschlages, eines Racheaktes durch oder eines hochbezahlten Auftragskillers werden zu lassen, wird Viktor an seinem Namen, seiner Präsenz und seiner unvorsichtigen Überheblichkeit ertrinken und dieser jemand, von dem niemand weiß, dass es ihn gibt, wird herzhaft anfangen zu lachen. Und sich einen Ersatz für Viktor suchen. Wie er sich Ersatz für jeden ertrunkenen sucht.*

*Perfekt.*

118

*Der perfekte Verbrecher. Den niemand hört, wenn er lacht.*

~

6. Dezember 1996

*Die Gier des Menschen macht ihn käuflich, seine be-schränkte Sichtweise nahezu blind und seine Naivität und seine Neigung, sich an anderen seines Gleichen zu orientieren macht ihn abhängig, leichtgläubig und unterwürfig.*

*Er unterliegt seinen Trieben. Versucht zu überleben. Handelt zu seinem Vorteil.*

*Alles in allem wird er zu einer berechenbaren Kons-tante. Reduzierbar auf seine primitiven Instinkte und Prinzipien.*

*Nein, er wird mir kein Hindernis sein, der Mensch.*

*Ganz gleich ob Polizei, Presse, Justiz oder ganze Truppen an Sicherheitspersonal. Wirf dem Hund einen Knochen hin. Er wird dich passieren lassen.*

*Er wird in seiner Unwissenheit sogar für mich arbei-ten. Mich reich machen, ohne es zu wissen. Selbst wenn sein Fassungsvermögen ausreichen würde, die Ausmaße dessen zu begreifen, wovon er und seine unzulänglichen Vorstellungen von Macht und Vermö-gen ein winziger, nichtiger Partikel darstellt, wird er dies gar nicht wollen. Wird keinen Anlass dazu sehen, über den Rand seines Daseins hinauszublicken. Er wird seine Position akzeptieren. Er wird sich inner-halb der ihm vertrauten und bekannten Regelungen von Macht, Einflussnahme und seiner Aufgabe, zu*

*funktionieren, sehen, wird die ihm gegebenen Mög-
lichkeiten wahrnehmen. Oder nicht.*

*Außerhalb dieses seines Blickwinkels, aus meinem
Blickwinkel, wird er eine zufriedene Figur sein. Funk-
tionierend. Ausreichend.*

*Zufriedenheit. Meine Figuren nehmen ihn viel zu
schnell in den Mund, diesen Begriff.*

*Man sollte nie mit sich zufrieden sein. Nie.*

## Kapitel 9

Januar 1997, Russland.

Die Tage zurück in Moskau waren unerträglich für ihn. Viktor führte ihm sein Mädchen stets aufs Neue vor und ließ ihn immer von neuem spüren, um wie viel sie ihm mehr wert war, als sein Sohn. Ihre Gegenwart war wie Salz in der Wunde, die er aus seiner Kindheit davon getragen hatte und die bis heute nicht hatte heilen können. Sie riss wieder auf, weiter denn je, schmerzte, blutete und faulte.

So oft es ging versuchte er, der Tschetschenin und Viktor aus dem Weg zu gehen. Dass er in Viktors Geschäfte mit eingebunden wurde kam ihm da nur recht. Er arbeitete viel, leitete einige kleine Verbrechen und knüpfte seine ersten Kontakte in Viktors Kreisen. Er wusste, dass dies nichts weiter als eine weiter Probe war, bei der er sich beweisen sollte, zeigen sollte, dass er nicht mehr das klägliche Häufchen Dreck war, wie damals, als er fortgeschickt wurde. Nein, in der Tat hatte sich sein Vater nicht im Geringsten verändert. Er war noch immer derselbe Tyrann.
Zwar war er es leid, erneut gegen die Unzufriedenheit seines Vaters ankämpfen zu müssen und glaubte, es nicht länger ertragen zu können, von ihm wie ein Schwächling behandelt zu werden, aber dennoch bot ihm dies ungeahnte Möglichkeiten, mit wichtigen Leuten in Kontakt zu treten und vor allem auch in Kontakt zu bleiben. Ihm war durchaus bewusst, wie wichtig dies in den Kreisen war, in denen er nun verkehren würde und beschloss, Viktors eigentliche Absichten zu ignorieren und sich darauf zu konzentrieren,

sich in seiner neuen Umgebung möglichst schnell zurechtzufinden.

Doch er konnte noch so viel unterwegs sein, noch so viele Geschäfte am Laufen haben, Natalia war allgegenwärtig und schnürte sich schmerzend wie ein Bußgürtel um seine Gedanken. Es war nicht etwa so, dass sie ihm Anlass dazu gegeben hätte, sie derart zu verabscheuen, nein, sie war stets zurückhaltend und vorsichtig ihm gegenüber, sprach ihn kaum an und vermied es generell, jegliche Aufmerksamkeit auf sich zu ziehen, doch er konnte nun einmal nicht darüber hinwegsehen, dass sie ihn so einfach ersetzt hatte, dass sie durch Viktors Zutun so mächtig über ihn war und dass sie Viktor eine derart große Plattform für seine Erniedrigungen bot.

Er wusste, dass sie ihn fürchtete. Und das war auch gut so. Sie sollte nicht meinen, dass er in ihr irgendetwas anderes als einen hässlichen Feind sah, sollte spüren, dass sie nicht nur Tschetschenin war, sondern ihm auch das genommen hatte, wofür er so verzweifelt all die Jahre über gekämpft hatte. Sie sollte nur wissen, wie unvorstellbar tief er sie hasste.

Doch das war nur der Anfang. Mit jedem Tag, jeder Woche und jedem Monat gelang es Viktor Hass, Wut und Neid noch mehr aufzustacheln. Er war überaus zufrieden mit sich und seinem Werk, genoss es, wie sein Sohn die wunderschöne Natalia anstarrte, wie ihm die Eifersucht aus den Augen zu lesen war und er freute sich, wie perfekt sich alles in einander fügte.

In dem jungen Russen dagegen tobte es. Insgeheim war ihm zwar durchaus bewusst, dass dieses Mädchen ahnungslos in Viktors Arme gelaufen war und dass sie lediglich Mittel zum Zweck war. Doch Gedanken wie diese wurden im Keim erstickt, noch ehe sie zu Ende gedacht waren. Es war ihm schlichtweg gleichgültig, dass dieses junge Mädchen nur Werkzeug und nicht Täter war. Es kümmerte ihn nicht, dass sie nicht schuld daran war, sondern dass der Mensch, dem er nur einmal in seinem Leben hatte gut genug sein wollen, sein Vater, es war, der die Fäden in der Hand hielt. Außerdem war sie Tschetschenin

~

*3. Januar 1997*
*Er macht Fehler. Er ist unvorsichtig und unprofessio-*
*nell. Blind und taub. Es ist mir eine Freude, ihm zuzu-*
*sehen. Dabei zuzusehen, wie er sich weiter und weiter*
*in die Höhle des Löwen bringt. Er ist so überheblich.*
*So selbstsicher und so zuversichtlich. Attribute von*
*genüsslicher Nachlässigkeit die er sich nicht erlauben*
*kann.*
*Was denkt er?*
*Was denkt er, dieser alte Mann?*

~

Die Nacht kam, in der er jegliche Beherrschung verlor. Er war vollkommen außer sich vor Wut, bebte innerlich und wusste nicht wohin mit seinem Zorn. Ohne den vom Regen nassen Mantel abzulegen, die riesigen Hände zu Fäusten geballt und sich die Nägel ins Fleisch grabend, schritt er entschlossen die Marmortreppe empor und schlug den Weg zu Natalias Zimmer ein. Er konnte sie einfach nicht länger ertragen. Er war dem Wahnsinn nahe. Die Worte seines Kunden, den er vor einer knappen Stunde verlassen hatte, hallten in seinem Kopf.

„Ein bezauberndes Mädchen, seine Natalia."

Wie beiläufig er diese Worte gesagt hatte. Als sei sie, keine Geringere als sie, die ihn nahezu um den Verstand brachte, eine Nebensächlichkeit.

„Aber das wirst du wohl am allerbesten von uns wissen", er grinste vielsagend.

„Schließlich stehst du in direktem Kontakt mit dem Boss. Und er soll mit Belohnungen bekanntlich ja nicht geizen, wenn er mit seinen Männern zufrieden ist."

Er wusste nicht, was er sagen sollte, hatte den Typen für einen Moment nur verständnislos angeblickt.

„Nun tu doch nicht so", hörte er den andren lachend sagen.

„Als ob du nicht wie jeder andere auch hinter der kleinen her wärst."

Er kniff die Augen zusammen und sein Gesicht verzog sich zu einer widerlichen Fratze.

„Was gäbe ich dafür, ihr ihre teuren Klamotten vom Leib reißen zu dürfen"

Der Gedanke an den Schuss, den er nach diesen Worten in die Brust des Mannes gesetzt hatte, war ihm nun dennoch eine Genugtuung, wenngleich auch der Rest in ihm tobte. Die Tatsache, dass dieser unbedeutende Hund nicht wusste, dass er Viktors eigenem Sohn gegenüber stand und stattdessen über Natalia redete machte ihn ganz wahnsinnig.

Der Entschluss, diese Nacht noch einen weiteren Schuss zu setzten, verhärtete sich zusehends.
Ja, beseitigen würde er sie, ein für alle Mal.

Fünfzehn Minuten vor zwei war es bereits. Das Haus schlief. Viktor würde erst in ein paar Stunden wieder kommen, Silas war also auch nicht da.

Ohne zu zögern riss er die Tür zu Natalias Schlafzimmer auf und schritt auf ihr Bett zu. Wie friedlich sie schlief.

Er riss die Decke vom Bett, packte mit der einen Hand ihren zierlichen Hals, presst sie mit aller Gewalt an die Wand und zog mit der anderen Hand gleichzeitig seine Waffe. Sie würgte und versuchte verzweifelt nach Luft zu schnappen.

„Armes kleines Mädchen!", zischte er, sein Gesicht nur wenige Zentimeter von dem ihren entfernt. Einen Augenblick starrte er nur mit hassverzerrter Miene, lautem Atem und die Stirn in tiefe Furchen gelegt in ihre Augen, noch immer ihre Kehle umgreifend.

„Nie wieder wirst du dich mir in den Weg stellen, nie wieder."

Sie konnte nicht sprechen und kaum atmen unter der Gewalt seines Griffes. Er war viel zu stark, als dass sie sich hätte wehren können und sie wusste, dass sie gleich sterben würde, als er den Hahn seines Revolvers spannte und ihr die Waffe an den Kopf hielt. Und dennoch zeigte ihr Gesicht keine einzige Rührung. Sie bewegte sich nicht einmal, versuchte nicht sich mit ihren freien Händen gegen ihn zu wehren sondern erwiderte seinen Blick mit einer unfassbaren Mischung aus Furchtlosigkeit und Verständnis.

Er war außer sich. Fürchten sollte sie ihn, ihn hassen und ihn um Verzeihung anflehen, heulen und schreien sollte sie und um sich schlagen. Doch nichts der gleichen geschah, auch nicht, als er seine Finger noch fester in die zarte Haut ihres Halses grub und ihre beinahe gänzlich die Luft abschnürte. Sie schnappte nur kraftlos nach Luft und blickte ihm ungerührt entgegen.

Sein Herz raste und die Wut wich einem merkwürdigen Gefühl der Verzweiflung. Sein Gesicht verkrampfte sich zu einer hässlichen Fratze und er schrie sie an, beschimpfte sie und drückte den Lauf seiner Waffe immer stärker gegen die Schläfe. Das Verlangen, dieses Mädchen möge doch auch nur einmal vor Angst oder Schmerz oder Reue schreien, möge doch auch nur ein bisschen Entsetzen zeigen, sie leiden und sterben zu sehen, machte einer unendlichen Verzweiflung Platz. Das konnte doch alles nicht wahr sein.

Unverwandt hatte er ihr in die Augen gesehen, sie angestarrt und auf sie eingeschrien, ohne irgendetwas anderes wahrzunehmen. Er erschrak beinahe, als ihre zierliche Hand seine zerfurchte Wange berührte und von einem Röcheln begleitet die Träne wegwischte, die sich ihren Weg aus ihm hinaus gesucht hatte.

Er ließ sie los. Senkte den Revolver. Er konnte nicht mehr. Es war zu viel.

Sie stand auf ihren zitternden Beinen und er starrte sie kopfschüttelnd und den Tränen freien Lauf lassend an. Ihre Lungen füllten sich wieder mit Luft, ihr Atem ging schnell und wurde von einem leisen Vibrieren ihrer Stimme begleitet, ansonsten rührte sie sich nicht. Sie war so zierlich, so unschuldig in dem weißen Nachthemd. Er dagegen war ein einziger, riesiger Schatten, der sie um einen Kopf überragte und der ihren feingliedrigen Körper zu verschlingen schien. Und doch war nicht sie es, die weinte, sondern er.

„…du weist ja nicht, wie ich dich bewundere", wisperte sie.

„Ich hätte es verstanden, hättest du mich erschossen."

Ihre Stimme war dünn und gebrechlich. Man hätte meinen können, sie würde gleich das Bewusstsein verlieren. Doch sie stand einfach nur da und sah ihn an.

Er wusste nicht, wie er sich helfen sollte. Umbringen hatte er sie wollen, sterben sollte sie, und nun stand er mit hängenden Schultern vor ihr und fühlte sich ausgerechnet durch die Worte seines größten Feindes verstanden und vor allem respektiert und geachtet, wie von noch keinem anderen. Nein, er konnte ihr nicht wehtun, ihr nicht das Leben nehmen, dazu war es jetzt zu spät.

~

Fortan war Natalia mehr als nur sein Feind. Viel mehr vermochte sie in ihm zum Leben zu erwecken als nur die gewöhnliche Verachtung und die bekannte Abscheu, die man einem Feind entgegenzubringen pflegte, denn sie hatte sich in jener Nacht neben dem, was er am meisten hasste, gleichzeitig auch zu dem gemacht, was ihm am meisten bedeutete. So paradox, so unglaubwürdig das auch scheinen mochte, sie war unglaublich wertvoll, diese Tschetschenin. Sie respektierte ihn, war der erste Mensch, von dem er etwas wie Verständnis erfuhr und in dessen Augen er bewundernswert war. Sie bewunderte ihn. Ja, so hatte sie es selbst gesagt.

Er wusste nicht wie er mit diesem neuen Gefühl umgehen sollte, war vollkommen überfordert. Hin und her gerissen zwischen der Tschetschenin, die ihm seinen Platz als Sohn zu Nichte gemacht hatte und dem zierlichen Mädchen, dass ihn als einziger Mensch bewunderte und ihm Verständnis für seine Abscheulichkeit entgegen brachte, vermochte er bald nicht mehr seinen unzähligen Gefühlen und ihren paradoxen Mischungen Namen zu geben. Verwirrt war er. Gänzlich verwirrt. Und Dankbar. Eifersüchtig. Und trotz allem noch immer voller Hass, der ihn manchmal bereuen ließ, in jener Nacht nicht einfach abgedrückt zu haben. Es wäre weitaus einfacher gewesen. Doch nun war es zu spät. Sie war das wichtigste, was er hatte und nicht nur das, sie ließ, wenngleich auch langsam und kaum merklich, zum ersten Mal in seinem Leben so etwas wie Selbstvertrauen in ihm entstehen.

~

Noch immer führte er sein Tagebuch. Jeden Tag schrieb er Seite um Seite, doch seit dem Tag in dem zerbombten Haus in Tschetschenien hatte die Schreiberei eine ganz andere Bedeutung für ihn. Es war nicht mehr Demütigung, nicht mehr das verhasste, tägliche Ritual das von Viktor kontrolliert wurde und es war auch nicht mehr eine Qual, die Seiten mit Worten zu füllen. Denn seit diesem Tag hatte er erstmals nicht von seinen Fehlern, seinen Schwächen und seinen Misserfolgen geschrieben, hatte nicht in jeder Einzelheit ausgeführt, was er bereute und wofür er sich zu schämen hatte, sondern er hatte Pläne geschmiedet. Hatte die Dinge aufgeschrieben, die er tun wollte, die er ernsthaft und mit unbändigem Eifer verfolgte und die sein Denken gänzlich ausfüllten. Er hatte Ideen. Visionen. Und ganz allmählich formten sie sich, nahmen Gestalt an und entwickelten sich weiter zu komplexen Teilstücken eines Ganzen. Er hatte sich zunächst nie weiter als bis zu der Formulierung „Spiegelkristall des Verbrechens" vor gewagt, sich nicht getraut, konkretere Aussagen darüber zu treffen, hatte es auch selbst noch nicht gänzlich begreifen können, doch mit der Zeit, ganz allmählich, zeigte sich mit jeder Seite, die er füllte, ein wenig mehr von dem Ungeheuer, das er Stück für Stück schuf. Langsam wurden aus Visionen Vorstellungen und aus Vorstellungen Pläne. Und während all der Zeit, die er schrieb, hatte er das Bild der Schneeflocke an dem Glassplitter vor Augen. Noch immer war er überzeugt davon, dass ihr Muster, ihre Struktur, ihr Aufbau genau das war, was er für die Verwirklichung seiner Pläne benötigte. Inspiration könnte man es nennen, was ihm das Bild der Schneeflocke gab, vielleicht auch Bauplan oder einfach nur Vorlage. Und mit jedem Tag wuchs sein Vertrauen in seinen Plan. Es würde funktionieren, es würde auf eignen Beinen stehen und von außen wie auch von innen undurchschaubar sein. Ja, er war sich seiner Sache sicher. Doch es würde noch einige Zeit dauern, bis seine Ansätze zusammengeführt werden konnten, bis sie sich nahtlos zusammenschließen konnten, sich aneinanderreihten und das waren, was er einmal tatsächlich den Spiegelkristall des Verbrechens nennen würde.

Selbstverständlich redete er nicht über das, was in seinem Kopf begonnen hatte, Gestalt anzunehmen. Sein Buch trug er stets bei sich, ließ es nie unachtsam liegen und hielt es besonders vor Viktor geheim. Denn langsam erkannte er, dass sich all das, was er zusammentrug und was er zu einem gigantischen Netzwerk auf Funktionen würde ineinander greifen lassen, sich von Grund auf gegen seinen Vater richtete. Gegen dessen Schaffen und gegen dessen Erfolg. Übertreffen wollte er ihn. Ohne es zu wissen, ohne es konkret geplant oder formuliert zu haben. Es war einfach so. Es war in ihm. Und es wollte seinen Platz in seiner Welt einnehmen. Den er ihm willig gewährte.

Und je intensiver seine Visionen, je konkreter seine Arbeiten an dem einen, großen Projekt wurden und je klarer sich das Ganze herauszubilden schien, desto selbstbewusster wurde er. Nicht zuletzt auch dank Natalia. Er merkte es nicht, doch langsam schwand selbst sein Respekt vor Viktor. Es war nicht so, dass er dies geäußert hätte, dass er sich gegen seinen Vater aufgelehnt hätte oder dass er ihn hätte spüren lassen, dass ihm seine unveränderte Kritik und die Verachtung nicht mehr im Geringsten kümmerten. Im Gegenteil, er war still und in sich gekehrt wie zuvor, doch insgeheim blickte er nur müde den Vorwürfen und der Unzufriedenheit Viktors entgegen, interessierte sich nicht für dessen Sticheleien und selbst Natalia war nun weniger Viktors Verbrechen an seinem Stolz als viel mehr eine treibende Kraft, die ihn immun machte, gegen die eigentlichen Absichten Viktors, die er zuvor noch so erfolgreich verfolgt hatte.

~

*18. Februar 1997*
*Viktors Fehler werden nicht meine sein. Er wird selbst dafür sorgen, dass er eines Tages an seinem Ruhm und seinem Namen verendet, wird selbst derjenige sein, der sich sein Ende bereitet. Ungesund, so viel Öffentlichkeit. So viel Präsenz. So viel arrogante Selbstdarstellung. Er präsentiert sich als Herrscher. Hochkarätig. Absolut. Er ist prädestiniert dafür, der Dorn im Auge eines seiner Unterworfenen, Mittel zur Villa auf Hawaii eines professionellen Killers oder auch nur Opfer des Fanatismus eines geisteskranken Irren zu sein.*

*Mich wird niemand kennen. Niemand wird je von mir gehört haben, geschweige denn von meiner Stellung innerhalb des Systems. Niemand wird mich je gesehen haben, niemand wird Spuren von mir nachweisen können. Ich werde mich dem Entziehen, was die primitive Menschheit Identität nennt, dem, was sie einer Existenz zu Grunde legen und selbstverständlich auch dem, was sie glauben lässt, Herr zu sein über die Vielzahl ihrer gewöhnlichen Existenzen und Identitäten. Ich werde in keinem ihrer Systeme existent sein. Es wird nichts geben, was meine Anwesenheit an irgendeinem Ort auf längere Zeit nachweisen könnte.*

*Und gleichzeitig wird jeder nach meinen Angaben handeln. Geschäfte werden gemacht, weil ich es will, einzelne Personen, Gruppen, Organisationen werden ausgelöscht, weil ich es in die Wege leite. Alle werden glauben, mächtig zu sein. Werden glauben, zu profitieren. Wie sie vieles noch glauben werden. Nur ich werde nicht glauben, ich werde all das tatsächlich tun.*

~

Stille erfüllte das große Esszimmer, in dem Justina mit ihrem Mann an der langen Tafel saß.

Es herrschte ein warmes, gedämpftes Licht, der dunkle, aus schwerem Holz gefertigte Tisch war nur für sie zwei gedeckt, mit edlem Porzellan, Silberbesteck und schweren Bleikristallgläsern. Zwischen ihnen standen drei rote Kerzen und hin und wieder knackte das brennende Holz im Kamin, der eine wohlige Wärme verströmte. Das Essen wurde in drei Gängen serviert, dazu tranken sie Wein, der ein kleines Vermögen wert war.

Ein romantischer Abend, hätte man meinen können. Doch für Justina war er alles andere als das. Die Szene war mehr als gewöhnlich und Viktors gekünstelte gute Laune gab ihr einen widerlichen Beigeschmack. Sie korrigierte sich gedanklich: es war nicht gute Laune, die die Haltung ihres Mannes verkörperte. Und wie so oft schon fand sie kaum Worte dafür, was es tatsächlich war, das diesen Menschen beherrschte. Unbedachtheit und genüssliche Verschwendung auf der einen, höchste Anspannung und Konzentration sowie ein gewaltiges Maß an Selbstbeherrschung auf der anderen Seite. Seine, in Momenten wie diesen weitestgehend auf die eigene Person fokussierte Wahrnehmung ließ eine kühle Gleichgültigkeit von ihm ausgehen, die in ihrer Interesselosigkeit und ihrer Oberflächlichkeit beinahe schon kränkend war. Die Tatsache, dass er sich all dessen bewusst war, dass er seinen Hochmut und die Ignoranz gegenüber der Menschen in seiner Umgebung nur allzu offensichtlich zur Schau stellte, ließ seinen Gegenüber zu einer unbedeutenden, kümmerlichen Figur werden, die den Launen dieses Mannes vollständig unterlegen war.

Er freute sich an der Perfektion, die er um sich geschart hatte, an den wertvollen Möbeln, die seinen Reichtum verkörperten, den Bediensteten, die funktionierten und an der Frau, die doch sehr hübsch anzusehen war. Nein, mehr war Justina im Grunde nicht. Ein weiteres Stück in seiner Sammlung, in seiner Funktion essentiell, in seinem Charakter jedoch beliebig ersetzbar. Wenn nicht sie, dann eine andere.

Dieser Umstand war es, der Justina von Anfang an gegen sämtliche Gedanken an Rebellion geimpft hatte.

Nicht, dass sie schlecht behandelt worden wäre, oder dass es ihr an irgendetwas gefehlt hätte, das mit Geld zu bekommen gewesen wäre, im Gegenteil, doch ihr Dasein als ersetzbares Glied einer Kette aus erkaufter Perfektion schien ihr oft unerträglich.

Würde sie es jedoch wagen, sich gegen Viktor aufzulehnen, seine Vorstellung vom funktionierenden Leben aus dem Gleichgewicht bringen, würde er sie einfach daraus entfernen. Auf der Straße würde sie landen. Die Mühe, sie umbringen zu lassen, würde er sich wohl nicht machen.

Also schwieg sie. Wie sie es schon immer getan hatte. So wie damals, als Viktor sich den Jungen vorgenommen hatte und ebenso wie als er Natalia ins Haus gebracht hatte. Sie mochte gar nicht daran zurückdenken. Die Zeit, in der sie hilflos zugesehen hat, wie er in ihrem Sohn, in diesem kleinen Kind, seine kranken Vorstellungen von Perfektion ausgebreitet hatte und sie mit aller Gewalt in ihn hinein prügelte, versuchte sie weitestgehend hinter sich zu lassen. Meist mit Erfolg, denn die Abwesenheit des Jungen, als er jahrelang bei er Armee und dann im Krieg war, hatte es ihr leicht gemacht, diese Zeit und vor allem ihr Versagen als Mutter und ihre feige Tatenlosigkeit aus ihren Gedanken fern zu halten. Doch nun, wo er wieder im selben Haus lebte wie sie, fiel es ihr schwer, sich in ihrem Alltag zurechtzufinden. Seine Gegenwart machte sie nervös und weckte ihr betäubtes Gewissen. Darüber hinaus war er es, der sie in Augenblicken wie diesen, in denen sie über Viktors anmaßende Persönlichkeit staunte, der sie daran erinnerte, welche wahren Ausmaße diese annehmen konnte.

„Ein wundervolles Tröpfchen, nicht wahr, Liebling?",
sagte Viktor beiläufig mit überaus freundlicher Stimme und hob erneut sein Glas.

„In der Tat." gab Justina knapp zur Antwort.
Ihre Worte verrieten nur allzu offensichtlich ihr Desin-
teresse. Sie langweilten sie, diese Floskeln und sie
konnte ihnen beim besten Willen nicht mehr Ernsthaftigkeit beimessen, als würden sie von einem Fremden
stammen. Viktor störte dies nicht. Vielleicht merkte er
es auch gar nicht in seiner Zufriedenheit angesichts der
Szene dieses wundervollen Abendessens. Ja, dieser
Abend war ganz nach seinem Geschmack.

Wie hätte er also auch nur ansatzweise spüren können,
was in seiner Frau tatsächlich vorging. Nicht, dass er
jemals zuvor so etwas wie Sensibilität gegenüber ihrer
Person gezeigt hätte. Viel mehr war es immer dieselbe
Interesselosigkeit, die er an den Tag legte. Nie hatte er
ihre Gefühle gekannt und wenn hätte er ihnen keine
Beachtung geschenkt. Doch Justina glaubte oft, dass es
trotz aller Bemühungen, ihre Krankheit zu verheimlichen, nicht einmal ihm entgehen konnte, dass ihr Körper sich von Zeit zu Zeit gegen sie auflehnte.

Multiple Sklerose hatte die Diagnose vor Jahren gelau-
tet. Doch all die Zeit über hatte sie nicht begriffen, was
dies wirklich zu bedeuten hatte. Vereinzelte Sehstörungen und weitaus seltener noch ein Gefühl der
Taubheit in den Beinen waren alles, was sie ihre
Krankheit nicht hatte vergessen lassen, an der sie einst
sterben würde. Im Grunde lebte sie, abgesehen von
den vorbeugenden Medikamenten, die sie nahm, wie

ein ganz normaler Mensch. Viktor hatte sie nie von ihrem Schicksal erzählt. Er hätte es nicht hören wollen. Eine kranke Frau würde er nicht in seinem Leben dulden können, hätte sie also vermutlich einfach daraus entfernt, denn der Gedanke, die eigene Frau eines Tages pflegen lassen zu müssen war für ihn vollkommen undenkbar, das wusste sie. Nein, ein solches Maß an Unvollkommenheit hätte er gewiss nicht akzeptiert. Also schwieg sie wieder. Wie sie es schon immer getan hatte.

Doch trotzdem Justina zunächst nicht unter ihrer Krankheit zu leiden hatte, die Krankheitsschübe in jahrelangen Abständen aufeinander folgten und dann lediglich für wenige Stunden anhielten, rasch wieder abklangen und keine merklichen Folgeschäden hinterließen, war da der Gedanke, dass ihr Leben doch auf bestimmte Weise eingeschränkt war. Vielleicht sogar auch verkürzt, wer wusste das zu dem Zeitpunkt schon. Und eben diesem niederschmetternden Gedanken entsprang eine Art Tatendrang, vielleicht sogar ein bisschen hochwertigere Lebensfreude, als die, die sie bisher kannte.

Dem wiederum folgte kurze Zeit nach der Diagnose schon die Gründung ihrer ersten Krebsstiftung. Viktor hielt es im Allgemeinen für eine gute Sache, die es Wert war, ein bisschen Geld in sie zu investieren und stellte ihr die finanziellen Mittel bereitwillig zur Verfügung. Bald war eine zweite hinzugekommen und sie unterstützte unzählige bereits bestehende Organisationen, wobei sich ihr Einsatz auf Forschungsinstitute, Waisenhäuser, technische Verbesserungen von Krankenhäusern und die Errichtung von Unterkünften für

Obdachlose ausweitete. Ja, sie war zufrieden. Sie tat etwas. Und es war gut. Es war besser, als es jemals zuvor gewesen war.

„Du begleitest mich morgen zum Bankett", hatte Viktor gesagt.

„Wichtige Leute werden anwesend sein."

Er blickte Justina nicht an, während er sprach, trank stattdessen einen Schluck Wein und begann mit der Vorspeise.

„Gut." gab sie nur zurück.

Ihre Antwort barg nicht so viel Gleichgültigkeit, wie es nach außen hin vielleicht den Anschein hatte. Ein bisschen freute sie sich sogar. Schon immer hatte sie das Gefühl gemocht, was ihr die Gesellschaft dieser reichen, mächtigen Männer vermittelte. Denn sie war Viktors Frau. Und Viktor war ohne Frage der reichste und der mächtigste unter ihnen. Ja, sie hatte einen Platz unter diesen gewaltigen Bestien, wurde von ihnen respektiert. Vor allem aber von den anderen Frauen, die anwesend waren. Denn unter ihnen war Justina die Größte. Und sie genoss es, das teuerste Kleid und die wertvollsten Schmuckstücke unter ihnen zu tragen. Ja, irgendwo war das verwöhnte Mädchen in ihr nie ganz verloren gegangen, dafür hatte Viktor gesorgt.

Zudem war es die Tatsache, dass sie so wundervoll ablenkten, diese Abende. Und wenngleich sie für Viktor selbst nur Vorführmittel war, mochte sie es, sich bei ihm einzuhaken und an seiner Seite der Festlichkeit beizutreten, von allen als die Frau des Größten Verbrechers gekannt zu werden, den das organisierte Verbrechen je gesehen hat.

„Natalia wird selbstverständlich auch mitkommen." hatte er seinen Worten noch angefügt.

Justinas Stimmung brach in sich zusammen. Wenn Viktor Natalia mit sich nehmen würde bedeutete das, dass sie es auch war, der sowohl seine Aufmerksamkeit wie auch die der gesamten Gesellschaft galt. Sie war zu einer bildschönen jungen Frau geworden und Viktor würde weder Kosten noch Mühen scheuen, um dafür zu sorgen, dass sie das bezauberndste Kleid trug. Hinreißend würde sie aussehen, wie jedes Mal, und nicht Justina sondern sie würde sich bei Viktor unterhaken und er würde sie stolz als seine wundervolle Tochter vorstellen. Nein, neben Natalia hatte Justina keinen Platz an Viktors Seite. Ein obligatorisches Mitbringsel würde sie sein, mehr nicht.

Selbstverständlich verlief der Abend genau so, wie Justina es sich ausgemalt hatte. Natalia trug ein tiefrotes, bodenlanges Kleid das den Blick auf die Haut ihrer nackten Schultern freigab. Ihr Haar hatte sie in einem Knoten hochgesteckt. Sie war bildschön. Wie seit eh und je. Und wie seit eh und je zog sie mühelos sämtliche Blicke und das Interesse eines jeden Anwesenden auf sich. Viktor genoss es, sie so vorzuführen und lächelte zufrieden. Seine schöne Tochter, die Tschetschenin war.

Für Justina war dies der letzte Abend dieser Art, denn die nächsten Tage waren geprägt vom Zittern ihrer Hände, Kraftlosigkeit der Beinen, Gleichgewichtsstörungen und auffallend häufiger Sehstörungen. Und dieses Mal hielten die Beschwerden nicht nur einige Stunden an, sondern zogen sich in gleich bleibender Intensität über einige Tage hin. Das kannte Justina bisweilen nicht. Nie hatte sie im alltäglichen Leben so mit ihrer Krankheit zu kämpfen gehabt wie in diesen Tagen. Viktor war derzeit geschäftlich unterwegs sodass er zunächst nichts von all dem mitbekam. Zu Natalia hatte sie gesagt sie hätte eine leichte Grippe und verbrachte so die meiste Zeit im Bett, ohne dass Natalia sich Gedanken machen würde.

Doch auch in den folgenden Tagen trat keine Besserung ein. Im Gegenteil. Es war, als würde sie auf Watte stehen, sobald ihre Füße den Boden berührten. Jegliches Gefühl schien ihr abhanden gekommen zu sein. So zog sich das über knapp eine Woche hin. Viktor war noch immer verreist. In Zwei Tagen würde er wiederkommen und sie fürchtete ihre Krankheit, die sich nun deutlich erkennbar ihres Lebens ermächtigte, nicht länger vor ihm verheimlichen können.

Unbeholfen und sich an den Möbelstücken festhaltend um nicht zu stürzen ging sie ins Badezimmer. Ihre zitternde Hand hatte Mühe, den Griff des Spiegelschrankes zu fassen und diesen zu öffnen. Sich mit der einen Hand auf dem Waschbeckenrand abstützend suchte sie mit der anderen den Vorrat an Schlafmitteln, der seit geraumer Zeit auf genau diesen Zeitpunkt gewartet hatte. Ihre Hand zitterte so stark, dass sämtliche Medikamentenpackungen aus dem Schrank fielen, bis sie die richtige gefunden hatte. Sie legte sie auf ihren Nachttisch. Dazu ein Glas Wasser. Größte Mühe hatte es sie gekostet, es einlaufen zu lassen und es schließlich ohne alles zu verschütten ins Schlafzimmer zu tragen.

Natalia war es, die sie am Abend tot in ihrem Bett fand.

**Kapitel 10**

Februar 1998, Nordamerika und Deutschland

>> *Und nun sind wir also in den Vereinigten Staaten von Amerika. Zu zweit in einem Haus das Unterkunft für sämtliche Obdachlose der Stadt bieten könnte. Viktor hat in der Tat weder Kosten noch Mühen gescheut.*
*Er ist zufrieden, denke ich. Offensichtlich laufen die Geschäfte gut. Wenngleich er gestern, als er aus dem Haus ging meinte, er hätte eine Rechnung mit einem Polizisten zu begleichen. Diesbezüglich hat sich nichts verändert.*

*Europa. Deutschland. Wie geht es dir dort? Du musst einsam sein.*

*Natalia.* <<


>> *Deutschland. In den Kreisen, in denen ich mich bewege ist es kaum von Moskau zu unterscheiden. Es geht um Geld, Macht und Überleben. Wie überall. Doch ich sehe immer wieder dass mir der Name meines Vaters viel an Arbeit und oft auch Ärger erspart. Ich werde gekannt, Natalia.*
*Einsam. Nein, ich denke nicht.*
*Ich arbeite viel. Und ich lerne. Sehe immer weitere Fehler im System. Wobei wohl angesichts der offensichtlichen Funktionalität dieses Systems nicht von Fehlern die Rede sein kann sondern eher von, sagen wir, unprofessioneller Nachlässigkeit. Es gibt da Ideen in meinem Kopf. Pläne. Beinahe Vorhaben. Ich vermu-*

*te du würdest es Visionen nennen. Sie ergeben ein neues System. Neue Strukturen und neue Netzwerke. Ich spiele schon längst nicht mehr mit dem Gedanken, ihnen einmal die Möglichkeit zu geben, sich zu erweisen. Ich arbeite bereits daran.*

*Stell dir das, was Viktor an Verbrechen um sich schart als ein gewaltiges Gemälde vor. Eine Leinwand. Vielmehr ihre Oberfläche. Nur ihre Oberfläche.*

*Und nun stell dir vor dass ich eben dieses Gemälde aus seiner Zweidimensionalität heraushebe, es nicht nur Oberfläche sein lasse, sonder ihm eine tatsächliche Form gebe. Ich male nicht, ich haue in Stein.*

*Wie eine Schneeflocke wird es aussehen, dieses Gebilde aus Stein. Verzweigte Dreidimensionalität, sich auf tausende und abertausende Äste stützend und von einer Mitte ausgehend.*

*Kannst du dir vorstellen, welche Ausmaße das annimmt? Welche Bedeutung es für den Einzelnen hat, wenn er wie alle anderen auch nur von der ein und derselbe Mitte ausgeht und zu ihr wieder zurückführt? Und das ohne sein Wissen, ohne, dass er ahnt, welche Rolle er in diesem Konstrukt zugeteilt bekommen hat. Und nun stell dir vor, was dies alles für das Zentrum des Kristalls bedeutet.*

*Siehst du, was ich sehe?*

*Das organisierte Verbrechen wird sich erstmals seinen Namen tatsächlich verdient haben. Denn was hätte es eher verdient „organisiert" genannt zu werden, als das zusammenhangslos scheinende Chaos, das dennoch geformt und kontrolliert wird?*

*Es ist atemberaubend, Natalia.*

*Schneit es bei euch? Wenn ja, sieh dir eine Schneeflocke an und du weißt, was ich meine.*

142

*Viktor.*
*Viktor, weil ich nun einmal keinen eigenen Namen*
*habe. Und alle mich so nennen. Ich kann mich nicht*
*dagegen wehren, sonst würde ich es tun, glaub mir.*

~

Er ging die geschwungene Wendeltreppe seiner Wohnung hinauf und schlug den Weg zum Badezimmer
ein. Er stand unter dem kalten Wasserstrahl der Du-
sche und spürte, wie seine Gedanken allmählich wieder erwachten. Er hatte viel gearbeitet. War müde und
irgendwo doch auch ein bisschen zufrieden mit sich.
Immerhin war es nun schon etwas mehr als zwei Jahre
her, dass er Russland verlassen hatte und hier in Hannover die Zweigstelle von Viktors Geschäften in den
USA leitete. Erfolgreich, wie sich zeigte. Überaus
erfolgreich.

Er schwang sich ein Handtuch um die Hüften und ging
in sein Arbeitszimmer. Er sah sich um. Das gesamte
Zimmer war ebenso wie der Rest des Stockwerkes
vollständig ausgeleuchtet. Dicht an dicht angebrachte
Leuchtstoffröhren an der Decke, auf den Oberseiten
der Schränke und in ihrem Inneren. Weitere Leuchten
waren unter Tische und um die Sitzgruppe im hinteren
Teil des Büros gerichtet. Das allgegenwärtige Summen
der Lampen nahm er schon gar nicht mehr wahr. Die
Jalousie war heruntergelassen. Keine Vorhänge, keine
Pflanzen, sparsame und schlichte Möblierung, keine
Bilder an der Wand und auch keine herumliegenden
Gegenstände. Sogar die Türen hatte er aus Glas anfer-
tigen lassen. Dieser Anblick, der sich ihm bot, stimmte

ihn abermals zufrieden. Er hatte ganze Arbeit geleistet. Kein Schatten und kein Winkel, in den er nicht sehen konnte. Er dachte an die Summen die es gekostet hatte, die Wohnung so einzurichten, doch letztendlich hätte er nicht darauf verzichten wollen. Gewiss nicht.

Er sank in seinen lederbezogenen Stuhl, ließ seinen Rechner hochfahren und zündete sich eine Zigarre an, deren Rauch sich in dicken Schwaden um ihn verbreitete.

Kurze Zeit später loggte er sich in seinen E-Mail Account ein. Die eingegangenen Dokumente stammten von seinem Vater. Baupläne diverser Gebäude, eine Hand voll Zeitungsartikel und Berichte seiner Kontaktmänner vor Ort waren angefügt. Sehr viel versprechend sei es, dieses Projekt, wie er mehrmals betont hatte. Viktor erwartete vollsten Einsatz und genaueste Organisation von ihm.

Er seufzte.

Nein, eigentlich hatte er nicht mehr mit seinem Vater zusammenarbeiten wollen. Genervt speicherte er die Dokumente ab.

Die andere Mail war von Natalia. Beinahe freute er sich.

>> *Viktor. Es ist merkwürdig dich so zu nennen. Beinahe merkwürdiger, als dich bei gar keinem Namen zu nennen.*
*Wie dem auch sei.*

*Ich habe dir im Anhang etwas angefügt. Schau es dir
an. Ich bin gespannt, was du sagst.*

*Natalia <<*

Es dauerte nur wenige Sekunden, bis er das  auf den
26. April 1998 datierte Bild im Anhang heruntergela-
den hatte.

Es zeigte Natalia. Sie hatte dem Fotografen den Rück-
en zugewandt. Ihre langen Haare warfen nicht wie
üblich Locken sondern lagen glatt an und schmiegten
sich um ihren Nacken. Ihre Schultern boten Halt für
den schwarzen Stoff ihres Kleides, das den Blick auf
ihren Rücken bis zum Steiß freigab. Eine zierliche
Silberkette umspielte ihren feinen Hals. Sie war stärker
geschminkt als üblich, wirkte jedoch nicht künstlich.
Den Kopf leicht in den Nacken gelegt blickte sie ihn
mit einem ebenso verspielten wie erwachsenen Lächeln über die linke Schulter an. Ihre helle, makellose
Haut bildete einen starken Kontrast zu ihrem Haar,
dem Kleid und ihren dunkel geschminkten Augen und
die Art, wie jeder Wirbel und jede der feinen Linien
ihres Rückens in Szene gesetzt worden war zeigte,
dass hier ein professioneller Fotograf am Werk war.

Verblüfft stierte er mit weit aufgerissenen Augen auf
seinen Bildschirm. Jede Spur des Mädchens, das er in
ihr immer gesehen hatte war verschwunden. Wunderschön war sie. Selbst er, für den der Begriff der
Schönheit  schon seit langem jegliche Bedeutung verloren hatte, konnte sich dagegen nicht wehren.

Er speicherte das Bild. Seine Gesichtszüge festigten sich wieder zu der gewöhnlichen, verbitterten Miene und er presste nachdenklich die Lippen aufeinander.

Dieses Bild machte ihn misstrauisch. Es konnte nicht gut für sie sein sich an irgendeine Modelagentur zu verkaufen. Sie war viel zu wertvoll dazu. Er ertappte sich dabei, wie er sich insgeheim Sorgen machte um Natalia. Wer gab dort Acht auf sie? Sie war alleine. Jung. Und bildschön. Der Gedanke, wie irgendwelche Männer sie mit primitiver Gier ansahen trieb ihm schließlich wieder die tiefe Furche auf die Stirn. Bei ihm wäre sie besser aufgehoben, als bei Viktor, da war er sich sicher. Er hätte sich nicht mit ihr auf Festlichkeiten geschmückt und hätte sie auch nicht der ganzen Welt vorgeführt wie einen Vogel im Käfig. Niemand hätte sie angesehen.
Seine Finger flogen über die Tastatur.

>> *Schöne Natalia,*
*ich fürchte ich müsste die Welt bestrafen, wenn irgendeine Modelagentur, ein Fotograf oder ein Mann mit deinem Bild in der Hand dich auszunutzen versuchte.*
*Pass auf dich auf.*
*Viktor.*
*PS: Ich komme nicht drum herum. Du bist wunderschön.* <<

~

Lutz hatte geschrieben. Sie hatten sich damals bei der Armee kennen gelernt, kurz bevor er in den Krieg geschickt wurde und als Lutz gerade ein bisschen mehr als ein Kind war. Jahre später hatten sie sich hier in

Deutschland durch Zufall wieder getroffen. Lutz der verelendete Kerl auf der Straße und er, der Kopf des Organisierten Verbrechens.

In den wenigen Tagen, in denen sie den gleichen Schlafraum geteilt hatten, hatte er wunderlicherweise einen positiven Eindruck von ihm bekommen. Vermutlich allein deswegen, weil er Lutz des Nachts oft heimlich in ein Tagebuch schreiben gesehen hatte. Zwar wusste er nicht, was oder warum er schrieb, doch machte es ihn in seinen Augen dennoch zu etwas wie einem Verbündeten. Denn nie hatte er irgendjemanden hier außer sich selbst schreiben sehen. Nie.

Der junge Lutz wurde also so zum ersten Menschen, den er in seiner Hölle traf, der in ihm ein vergessen geglaubtes Gefühl der Sympathie weckte. Es war nicht etwa so, dass er je ein Wort mit ihm gewechselt hatte oder dass sie sich in sonst irgendeiner Weise nahe gestanden wären, aber doch sollte der Tag kommen, an dem sie sich in Deutschland wieder erkennen würden.

Er war in den Straßen unterwegs, auf dem Weg zu einem seiner Kunden, als er den verwahrlost aussehenden Lutz als stinkende und hoffnungslose Gestalt entdeckte, wie er am Straßenrand saß, von dem er lebte. Es war offensichtlich, dass er ohne jegliche Perspektiven hier nach Hannover gekommen war, dass er alleine nicht auf die Beine kommen würde und dass er, wenn überhaupt, höchstens als Schläger für einen schlecht zahlenden Typen Geld einzutreiben haben würde. Nein, das war keine Zukunft.

Er dagegen hatte sich seinen Platz bereits gesucht, hatte seine Geschäfte und stand auf sicherem Boden. Also holte er den Jungen von der Straße, weg von den Drogen und von seinen Schulden, ließ ihn für sich arbeiten und sorgte dafür, dass er eine Wohnung und zu Essen bekam.

Bald schon war Lutz nicht nur irgendein Verbrecher, sondern sein bester Mann, wenn es darum ging, die Ernsthaftigkeit mit unmissverständlicher Gewalt zu unterstreichen, wenn größere Summen Geld im Spiel waren oder wenn es einen unerwünschten Störenfried aus den Geschäften herauszuhalten galt. Lutz war stets zuverlässig gewesen und hatte sich als überaus geschickt bewiesen. Ja, er machte seine Arbeit mehr als gut, und das ließ ihm ein ordentliches Gehalt zukommen, von dem er vor ein paar Jahren nur hätte träumen können.

Doch während all der Zeit, in der er für seinen ehemaligen Kameraden arbeitete, erfuhr er kaum etwas über diesen, wusste nichts von seinem Leben und dieser ebenso wenig von dem seinen. Alles, was bekannt war von ihm waren Gerüchte. Aus Moskau käme er, aus einer wohlhabenden Verbrecherfamilie. Sie nannten ihn alle nur Viktor. Doch Lutz vermutete, dass auch das weniger der Wahrheit als viel mehr dem Geschwätz dummer Männer entsprach. Aber im Grunde war es auch völlig egal, wer er war, wie er hieß oder woher er kam und was er hier wollte. Er ließ ihn für sich arbeiten und er zahlte gut. Außerordentlich gut. Dies ließ Lutz' Interesse an der Herkunft und der Vergangenheit des allbekannten, gefürchteten Viktors, ohnehin schwinden. Er machte seinen Job. Der Rest ging ihn nichts an. Und er glaubte zu wissen, dass Viktor diesen Zug von ihm sehr schätzte. Also würde er sich hüten, ihn durch dumme, unwichtige Neugierde zu seinem Feind zu machen.

Doch was den jungen Russen trotz aller Diskretion immer wieder verwunderte war, wie weitläufig der Einfluss seines Auftraggebers war und in wie vielen Sparten des Verbrechens er tätig war. Denn unweigerlich bekam er von den Geschäften Viktors hin und wieder mehr mit, als er im Grunde wissen musste und wollte. Schutzgelderpressung, Prostitution, Menschen-, Waffen- und Drogenhandel sowie der illegale Autohandel. Scheinbar alles, womit man Geschäfte machen konnte, was Geld einbrachte, war Viktors Einkommen. Er war in alles verwickelt. Und nicht nur das, er war auch der Drahtzieher, scheinbar der einzige und elementarste Mittelpunkt des Ganzen. Und dennoch wusste niemand etwas über ihn, was über die Glaubwürdigkeit und die Verlässlichkeit eines Gerüchts hinausreichte. Und trotzdem war sein Name allbekannt und in seinen Kreisen jedem ein Begriff. Jedem. Ja, dachte Lutz nur allzu oft, es war gut, diesen Mann nicht seinen Feind nennen zu müssen.

Nachrichten von Lutz hatten es immer schon verstanden, ein kleines bisschen Freude von seiner rauen Oberfläche abzukratzen. Wobei Freude weitaus übertrieben war. Vielmehr reduzierte sich dieses Gefühl auf eine lauwarme Mischung aus Respekt und ferner Sympathie. Mehr nicht. Aber dennoch war das mehr, als er für die meisten anderen Menschen aufbringen konnte. Alle eigentlich. Ausgenommen Natalia. Und vielleicht noch sein Vater. Wobei dies von gänzlich

149

anderer Natur war, angesichts dessen, was den Gefühlen ihm gegenüber letztendlich entsprang.

Merkwürdig, dachte er, als er nun still die ersten Worte von Lutz' Mail las. Ja, merkwürdig war es, mit Viktor angesprochen zu werden. Sehr Merkwürdig. Nicht nur, dass er nun mehr oder weniger einen Namen hatte, dass er gekannt wurde und dass der Mensch, der mit diesem Namen verbunden war, ein überaus geachteter Mann war, nein, es war auch noch ausgerechnet der Name seinen Vaters, den sie ihm gegeben hatten. Anfangs vermochte er nicht zu sagen, ob es mehr die Empörung oder die Abscheu war, die ihn beherrschte, wenn dieser Name in Bezug auf ihn viel, doch er hatte gelernt damit umzugehen und vor allem hatte er gelernt, dass dieser Name vieles einfacher machte. Denn sein Vater war damals häufig in den Westen gereist und hatte versucht Kontakte zu knüpfen, Boden unter die Füße zu bekommen, doch politische Vorurteile machten es ihm schwer, dort auf die Beine zu kommen. Mit Glasnost und Perestroika und einem Ohr auf den Schienen der Politik jedoch kannte er die Kontaktmänner, als der eiserne Vorhang fiel und war bereit, den Westen zum neuen Schauplatz seiner Geschäfte zu machen. Er beherrschte den Zoll und hatte die Güter um die gesamte restliche Welt damit zu überschwemmen. Der Westen bot ungeahnte Möglichkeiten und so zog er bald darauf nach Amerika, wo er nahtlos seine in Russland aufgebaute Organisation fortführte und dem organisierten Verbrechen seinen Namen einbrannte. Den Sohn hatte er indes nach Deutschland geschickt, wo er die Zweigstelle dessen leiten sollte, was der Vater in den USA aufgebaut hatte. Dort war Viktors Name durchaus bekannt und vor ihm wurde der rote Teppich ausgelegt. Er hatte seine Leute, seine Geschäfte, einen Namen in seinen Kreisen und er hatte Geld. Und bald auch Lutz. Und seine Tagebücher, die er mit seinen Ideen fütterte und in denen er sich die Zukunft zurechtlegte. Und er wusste, er würde es umsetzten. Und das schon bald. Ja, er würde ihn übertreffen, seinen Vater, würde ihn gänzlich in den Schatten stellen. Ein recht erfolgreicher Gauner war er. Doch er, sein wegen Schwäche und Weichheit verabscheuter Sohn, würde viel mehr sein als das.

Gedanken wie diese ließen ihn leise in sich hinein lächeln und angesichts der Tatsache, dass nur noch der eine kleine Schritt fehlte, um alles in die Realität umzusetzen, ließen sie seinen Puls rasant steigen.

Zügig überflog er Lutz Nachricht. Seine Worte waren sehr kurz und sollten Viktor lediglich mahnen, sich an den ausgemachten Preis zu halten und ihm versichern, dass Lutz das Geld ansonsten nicht nehmen würde. Er drohte sogar, nicht mehr für ihn zu arbeiten, wenn er sich nicht an die Vereinbarungen halten würde. Und das, wo er sich den Zuschlag durchaus verdient hätte. Er hatte seine Arbeit nämlich erneut mehr als gut gemacht, was die Suche der Polizei nach einem dummen, schäbigen Verbrecher bestätigte. In Kreisen der Prostitution vermuteten sie ihn, einen Schlägertypen, der in der U-Bahn eine Rechnung zu begleichen hatte. Nicht aber nach einem Auftragskiller, einem Profi, nicht nach Lutz und schon gar nicht nach Viktor. Er war überaus zufrieden.

Seine Gedanken wanden sich wieder seinen Tagebüchern zu. Er war trotz allem erstaunt, wie viele es mittlerweile schon waren. Und vor allem, wie viele, die nicht mehr seine demütigende Selbstkritik als Inhalt hatten, sondern sich um die eine, fixe Idee drehten. Ausschließlich um sie. Und die dafür gesorgt hatten, dass sie sich ständig weiterentwickelte. Und nun, er warf einen Blick auf das lang gestreckte, ordentlich sortierte Bücherregal, in dem sich auf edlem Teakholz Buch an Buch drängte, rückte der Tag der Geburt immer näher. Immer wieder staunte er darüber, wie viel Macht dieses Regal schon jetzt in sich barg. Ja, er war beinahe stolz darauf, blickte gleichermaßen zuversichtlich wie gespannt dem Zeitpunkt entgegen, an dem er sein Konstrukt würde durch die Welt laufen lassen. Und nein, er verschwendete keinen einzigen Augenblick des Zweifels mehr. Denn es war perfekt. Durch und durch. Wie der Kristall einer Schneeflocke. Ja, es hatte sich seinen Namen durchaus verdient. Denn der existierte bereits seit dem ersten Tag, an dem er aufgehört hatte, zu bereuen, was er getan hatte sondern anfing zu schreiben, was er in Zukunft tun würde. *Spiegelkristall des Verbrechens.*

Er genoss diese Worte.

**Epilog**

Tief in der Nacht saß Titus vor dem Computer, versunken in einem scheinbar undurchdringlichen Chaos aus Abrechnungen und Bestellungen. Der kleine Buchladen lief schlecht. Sehr schlecht. Im Grunde war es wunder, wie er sich überhaupt noch über Wasser halten konnte.

Seine Kopfschmerzen waren unerträglich geworden und ein Zeichen der Besserung war nicht in Sicht. Damit einher ging, dass es ihm immer schwerer fiel, die Zahlen und Buchstaben auf seinem Monitor zu erkennen, manchmal sogar, überhaupt etwas zu sehen.

Er blickte vom einem Stapel Lieferscheine auf den Bildschirm. Das akustische Signal einer eingehenden E-Mail hatte seine Aufmerksamkeit erregt. Wahrscheinlich handelte es sich wieder einmal um eine dieser unerwünschten Werbesendungen, dachte er und schickte sich sogleich an, die Mail zu löschen.

Dann hielt er inne. Die Betreffzeile war es, die ihn stutzen ließ. Auf russisch stand dort:

„Veränderung"

Leise glitten die Worte über seine Lippen, als sei es verboten, Sie laut auszusprechen.

Titus begann zu lesen, wobei er sich schwer damit tat, da er diese Sprache lange gemieden hatte.

*Die Welt geht unter.*

*Sie versinkt im Sumpf aus Korruption und Verbrechen.*

*Die Gesellschaft beginnt, zu verrotten und es gibt niemanden, der bereit ist, etwas daran zu ändern.*

*Aber warum? Warum will niemand etwas dagegen tun? Kann man es nicht? Will man es nicht? Oder darf man es nicht?*

*Wenn es niemand gibt, der etwas ändern kann, will oder darf, gibt es auch niemanden, der die Macht hätte, jemanden davon abhalten kann, eben diese Veränderung herbeizuführen.*

*Wenn sie es nicht können, sollte es jemand anders für sie tun. Das Geschwür der Verderbnis finden und es ausmerzen.*

*In dieser Welt ist die Macht des Einzelnen unvorstellbar.*

*Sie sollten einmal darüber nachdenken, diese Macht geltend zu machen.*

Im Anhang der E-Mail fand Titus dutzende von Dokumenten mit Zahlen, Daten und Fakten. Was aber das wichtigste war: Er fand dort auch einen Namen.

Viktor.

# Nachwort

*„Die Kleinen schaffen, der Große erschafft."*
Marie von Ebner-Eschenbach (1830-1916), österreichische Schrift-stellerin.

Der bittere Beigeschmack der Arroganz scheint diese Worte zu begleiten. Doch in einem haben sie ohne Frage Recht: Größe hat, wer sich mit „schaffen" nicht mehr zufrieden gibt. Wer nicht nur denkt, sondern ausspricht. Wer seinen Träumen nicht nur an den Fersen hängt, sondern sie verwirklicht.

Dass dies nichts mit Größenwahn oder Arroganz zu tun hat, zeigt dieses Buch: Drei Menschen, der Traum von der eigenen Geschichte, dem eigenen Buch, weder literarisches Fachwissen noch Erfahrungen mit der Schreiberei. Wohl aber Kreativität, Ehrgeiz und Durchhaltevermögen. Vor allem aber eine große Porti-on Aktionismus. Denn das ist der Punkt, an dem die großartigen Ideen nur allzu oft scheitern. Weil sie schlichtweg nicht angegangen werden. Die Gründe dafür sind ebenso vielseitig wie ihre Opfer zahlreich. Zeitmangel, Verpflichtungen in Schule und Beruf und nicht selten Scham. Sie hat nicht immer einen guten Ruf, die Schreiberei.

Wir aber wollen Beispiel dafür sein, dass es trotzdem geht. Dass es weder schwierig ist, sein eigenes Buch zu schreiben, noch langweilig, Welten und Charaktere zu lenken, erschaffen, zerstören oder was auch immer man will. Alles, was man dazu braucht, ist Kreativität.

Und die steckt in jedem von uns. Die Literatur bietet den Raum, sie auszuleben.

Dieser Gedanke soll ungehindert und in alle Richtungen wachsen. Den Boden dafür bietet Dead Girl Walking Press, die junge Community für alle, die nicht nur schaffen, sondern erschaffen, nicht nur lesen, sondern schreiben wollen. Denn spätestens seit dem Deutschunterricht weiß jeder: Wer liest, lebt doppelt. Wer jedoch schreibt, hat noch zahllose Leben mehr.

Im Laufe unserer Arbeiten erlebten wir sowohl Hochs wie auch Tiefs. Mal krankte das Projekt an Zeitmangel, mal an den 800 Kilometern, die zwischen Hannover und Freiburg liegen und uns die Kommunikation erschwerten. Dennoch wuchs die Kriegsträumer Trilogie stetig. Nicht selten mit gewaltigen Schritten, bis wir fast den Überblick zu verlieren drohten. Tausende neue Ideen, sich immer weiter verflechtende Handlungsstränge, etlichen Stunden des Recherchierens, eine Fahrt nach Hannover, unendlich viele E-Mails und noch mehr schlaflose Nächte später sind wir nun aber angekommen, wo wir hin wollten: das eigene Buch. Und es wird nicht das letzte gewesen sein.

September 2007

*Harlekin wartet…*
www.deadgirlwalking.de/harlekin.php